山の向こうの美術館

星野富弘

花をみていると、その色、その形の美しさに、驚かされることばかりだった。

花には一つとして余分なものがなく、足らないものもないような気がした。ちょうど良いところに花がつき、ほどよいところに葉があり、葉と花に似合った太さの茎があった。

葉は花の色を助け、花は葉の色と形をそこなわずに咲いていて、一枚の花とはいえ広大な自然の風景をみる思いだった。

私は絵に関しての知識はないけれど、この自然の花をそのまま写してゆけば、良い絵が描けると思った。

まえがき

一九九一年に私の故郷群馬県東《あずま》村《むら》に、村立富弘美術館が出来た。利用者がいなくなってしまい、草だらけになっていた草木湖畔《くさぎこはん》の社会福祉会館を改造した美術館である。当時の村長が私の家に来て、「ふるさと創生資金の使い方について村民にアンケートを採《と》ったところ、『富弘さんの美術館を創りたい』が一番多く、村長の最後の仕事としてぜひやりたい」と懇願《こんがん》されたのが始まりだった。私は一週間考え、「故郷の役に立つならば」と、承諾の返事をし、それまで全国で開催して来た〈花の詩画展〉を止めることにした。

直ちに社会福祉会館の一年をかけた改造工事が始まった。鉄筋の柱と梁だけ残され、空爆を受けたような建物を見て、あんなに壊してしまうのなら、いっそのこと、新しく造り替えた方が良かったのではといったが、福祉会館の建設には補助金をもらっているので、全部は壊せないということだった。

美術館の名称は村長の「星野さんの名前を使わせてほしい」という希望で、デザイナーに相談した結果「富弘美術館」と決まった。開館してみると初日から連日千人を超す人が全国から訪れ、当時村の人口は三千六百人ほどで、時には村の人口を上回る人の波に、過疎《かそ》の村は大騒ぎになった。しかし、私にはもっと驚いたことがあった。実は、ふるさと創生資金のアンケートで、「美術館」が一番多かった、というのは村長の真っ赤な嘘《うそ》で、本当は「美術館」など一票もなく、美術館建設は、任期十六年の村長の独断から始まったことだというのである。そんな訳で、最初は冷ややかな眼で眺めていた人たちもいたが、入館者の人数と村への収益金が、その人たちの頬《ほお》を緩《ゆる》めたようである。

その美術館も十四年経ち、今日までに四百七十万人の入館者を迎え、数々の素晴らしい出会いを私たちにもたらしてくれた。しかし古い建物に新しいものを継ぎ足すということには無理があったようで、大雨の日には展示室に雨《あま》漏《も》りがして、そのたびに美術館の職員は風雨の中を夜中でも駆けつけて、水に弱い水彩画の作品を収蔵庫に移さなければならなかった。さらに建物の構造が団体客に対応できないなどの問題もあり、新しく美術館を建て替えることになった。

この本は、その新しい富弘美術館で発行したいという村の要望で作った本である。最初は収蔵作品をまとめた図録のようなものを考えたが、すでに数冊の詩画集が発行されているので、それに使われていない作品を中心に載《の》せた。随筆「東村」と「渡良瀬川《わたらせがわ》」は、美術館のある東村を紹介する意味で最初に載せたが、「渡良瀬川」に入れたカットは大学生時代のもので、現在、絵に描かれている吊《つ》り橋《ばし》は鉄骨の橋に架け替えられている。小学生の頃の作文や詩は、誤字や分かりづらい方言もあるが、あえて手を加えずにそのまま活字にした。

入院中の手紙は、学生時代の先輩の米谷《よねや》さんと姉が保存してくれたものの中から幾つかを載せた。自筆《じひつ》をそのまま載せたので読みづらくて恐縮だが、これらの手紙は、現在私が描いている絵と詩を組み合わせた詩画の原点になったものである。

もくじ

カバー装画・7ページの絵
群馬県社会福祉総合センター大ホール
緞帳の原画（一九九八年）巾13メートル・高さ4メートル

ブックデザイン＝**杉浦範茂**

故郷への道

ひさしの長い家が親戚のように寄り添い、何億年もの歳月をかけてもっとも安らかな形に削られた山が、その家々の屋根を静かに見守っている。

生まれた時から目の前にあったあまりにも見慣れすぎたもの、それがこの自分を形造っているものであったことに気づかず必死で振り払おうとしていた。しかし故郷以外のものを見つけようと探して歩いた道は無意識のうちに故郷へ通じる道ばかりだった。

今私は、母のひざのように柔らかな故郷の山に向かって歩いている。形のあるものは何一つ持っていない。けれども、多くの目に見えるものを支えている目に見えないもっとも大切なものを、苦しみの果てから教えられそれが心の中で息づいているような気がする

故郷を出て故郷が見え、失って初めてその価値に気づく。苦しみによって苦しみから救われ、悲しみの穴をほじくっていたら喜こびが出てきた。

生きているって、おもしろいと思う。

星野富弘

東村《あずまむら》

天気の良い日には時々、渡良瀬川《わたらせがわ》を見に行く。小学校へ通ったジャリ道も今は国道となり、舗装された通学用の歩道も出来ている。太郎神社の坂を少し下ると、車椅子の足のずーっと下の方に白い河原が見えてくる。渡良瀬川はその中を気ままにうねりながら流れている。水かさは少なく、ところどころにある浅瀬が白く見えるのと、かすかなせせらぎの音がするのとで、流れているというのがやっとわかる程度である。

白い河原に沿って幾段かの河岸段丘《かがんだんきゅう》があり、そこから千メートル程の山がつきあげている。人はその山と河原の間のわずかな平地を見つけて家を建て、小さな田畑を耕して住んでいる。国道も鉄道も、山と川のうねりにしたがって、ゆるやかな曲線をえがきながら走っている。高い所は山、低い所には川。くしゃみもせず、寝がえりもうたずに静かに横たわっていてくれる自然の脇の下で、人々が平和に暮らしている。

渡良瀬川の崖に、うす桃色のつつじが咲くと、昔から村の人たちは畑に里芋を植えたのだそうである。こよみだけの数字では知ることの出来ないその年の気候を、つつじの花から教わったのだろうか、〝芋植えつつじ〟という名前が残っている。

芋植えつつじの花が、春を案内するように山の尾根に向かって登りはじめると、東村はすっかり春になる。用水路には枯草をのせた春の水が流れ、あちこちでトコトコと耕耘機の音が鳴りはじめる。水をはった田には、つつじの花が咲いた山が映っている。

町から来た人はその風景が美しいという。そういわれて、村の人たちは教えられたように山を見あげる。村人自身があまりにも、その風景に溶けこんでしまっているのである。

私の家のある集落の道路に沿った所は、宿と呼ばれている。足《あし》尾《お》銅《どう》山《ざん》の銅の通り道として、昔、銅《あかがね》街道といわれていた頃の、宿場のなごりである。今でも道路ぎわには、玉木屋、小西屋、富屋、玉屋、住吉屋と屋《や》号《ごう》で呼ばれている家が並び、私は小さい頃からずっと屋号ばかりで呼んでいたので、本当の苗字を知らない家もある。

渡良瀬川に沿って、曲がりくねった坂を登り足尾銅山まで往復した人たちにとって、坂の上にある私の住む集落は、ひと息ついた所なのだろうか。

東村にて

渡《わた》良《ら》瀬《せ》川《がわ》

私は小さい頃、家の近くを流れる渡良瀬川から大切なことを教わっているように思う。

私がやっと泳げるようになった時だから、まだ小学生の頃だろう。ガキ大将たちにつれられて、いつものように渡良瀬川に泳ぎに行った。その日は増水していて濁った水が流れていた。流れも速く、大きい人たちは向こうの岸の岩まで泳いで行けたが、私はやっと犬かきが出来るようになったばかりなので、岸のそばの浅い所でピチャピチャやって、ときどき流れの速い川の中心に向かって少し泳いでは、引き返して遊んでいた。ところがその時、どうしたはずみか中央に行きすぎ、気づいた時には速い流れに流されていたのである。元いた岸の所に戻ろうとしたが流れはますます急になるばかり、一緒に来た友だちの姿はどんどん遠ざかり、私は必死になって手足をバタつかせ、元の所に戻ろうと暴れた。しかし川は恐ろしい速さで私を引きこみ、助けを呼ぼうとして何杯も水を飲んだ。

水に流されて死んだ子供の話が、頭の中をかすめた。しかし同時に頭の中にひらめいたものがあったのである。それはいつも眺めていた渡良瀬川の流れる姿だった。深い所は青青と水をたたえているが、それはほんの一部で、あとは白い泡を立てて流れる、人の膝《ひざ》くらいの浅い所の多い川の姿だった。たしかに今、私がおぼれかけ、流されている所は、私の背よりも深いが、この流れのままに流されていけば、必ず浅い所に行くはずなのだ。浅い所は、私が泳いで遊んでいたあの岸のそばばかりではないと気づいたのである。

「……そうだ、何もあそこに戻らなくてもいいんじゃないか」

私はからだの向きを百八十度変え、今度は下流に向かって泳ぎはじめた。するとあんなに速かった流れも、私をのみこむ程高かった波も静まり、毎日眺めている渡良瀬川に戻ってしまったのである。下流に向かってしばらく流され、見はからって足で川底を探ってみると、なんのことはない、もうすでにそこは私の股《また》ほどもない深さの所だった。私は流された恐ろしさもあったが、それよりも、あの恐ろしかった流れから、脱出できたことの喜びに浸った。

怪我をして全く動けないままに、将来のこと、過ぎた日のことを思い、悩んでいた時、ふと、激流に流されながら、元いた岸に泳ぎつこうともがいている自分の姿を見たような気がした。そして思った。

「何もあそこに戻らなくてもいいんじゃないか……流されている私に、今できるいちばんよいことをすればいいんだ」

その頃から、私を支配していた闘病という意識が少しずつうすれていったように思っている。歩けない足と動かない手と向き合って、歯をくいしばりながら一日一日を送るのではなく、むしろ動かないからだから、教えられながら生活しようという気持ちになったのである。

学生時代のスケッチ

崖《がけ》の上の花

渡良瀬川対岸の崖に、黄色い花が咲けば春が来る。あかぎれを切らして寒さに震えていた幼い頃から、その黄色い花が春を運んで来るように思っていた。父も母も近所の人たちも、同じ気持ちで崖の上の花を見上げていたのに違いない。しかし何という花なのか誰も知らなかった。マンサクという人もいたが、違う、という人もいた。気になってはいたが、冷たい川を渡り崖をよじ登ってまで、確かめに行く人はいなかった。

私は人より多少お節介《せっかい》だったのだろう、中学生の時、ついに崖を登ってその黄色い花の所に行ってみた。花はマンサクではなかった。帰ってから図鑑で調べると、「アブラチャン」という変な名前の花で、私はマンサクであってくればと密《ひそ》かに思っていたのでがっかりした。

長年、私たちに春とともに暖かいものを運んで来てくれる花は、立派な名前の花であってほしかった。アブラチャンなんて、希望を持って見上げる木の名前としてはふさわしくないと思った。マンサクもその近くに咲いていたが、遠くから見えるほどの花ではなかった。

アブラチャン

ドウザンツツジ

木の生《は》えづらい岩場は、根の曲がった松やツツジなどが生えていた。伐採《ばっさい》の手伝いをしていて、お昼になるとよくそういう岩場まで登り弁当を食べた。

大きな木がないから見晴らしが良く、腰掛けるのに気持ち良い岩や、身体が入るくらいの割れ目や、昼寝の出来る形の岩などがあり、何時間でも遊んでいたかった。

岩のすきまに生えている低い木に、春になるとスズランに似た白い花が沢山咲いた。一緒に仕事をしていた人たちはそれを、ドウザンツツジといった。近くにある足尾銅山の岩山に沢山あるツツジなのだろうと私は思っていた。

ドウダンツツジという本当の名前を知った時は驚いた。枝のつき方が松明《たいまつ》を灯す灯台に似ているところから、訛《なま》ってドウダンになったという。満天星とも書くらしい。

白い小さな花が、岩肌を水飛沫《みずしぶき》のように転がって散ると、少し大きなサラサドウダンが咲き始める。この花もドウダンツツジに紅を差したような、かわいい花である。

そういえば、ドウランツツジなんて呼んでいた人もいた。

ドウダンツツジ

鳳仙花《ほうせんか》

庭の隅に赤い花の草が生えていて、姉が私に花の下に付いている実を摑《つか》んでみろといった。いわれるままにその小さな実を摑むと、突然、指の間で何かがはじけた。驚く私を見て周りにいた子供たちがクスクスと笑い、私も何だかわからなかったが一緒に笑った。

記憶の彼方に埋もれてしまいそうな幼い日の一こま。鳳仙花の実は雛鳥《ひなどり》の柔らかな嘴《くちばし》の感触だった。優しくて、くすぐったくて、すぐにこわれそうで、母の胎内で小さな足を踏ん張ったような懐かしさが蘇《よみがえ》る。

自然の懐に住みながら、人間は余りにも自然を傷つけてしまった。

触るとはじける鳳仙花の実を造った自然。

触ると爆発する地雷を作ってしまった人間。

ホウセンカ

桃の木の下で

庭の隅に大きな桃の木があり、張り出している枝に父がブランコを作ってくれた。太い枝だったが、腰掛けると柔らかなクッションの椅子のように気持ちが良かった。遊具など無かった頃のことで、私は姉たちが学校に行っている間、毎日一人でブランコに乗って遊んだ。ブランコを揺《ゆ》すると桃の枝も一緒に揺れて、春は薄紅の花びらがヒラヒラと舞い、夏は葉っぱの露が天気雨のように落ち、冬は枝の雪が吹雪のように舞った。

桃の花の下で、姉《あね》さん被《かぶ》りの姉の作ってくれた泥のご飯を食べたこと。桃の花びらの首飾りをかけてもらい、洟《はな》を垂《た》らしたお嫁さんをもらったこと。袋をかけた桃の実が、袋を破って姿を見せた時の感激。

桃の花の気品は静かに心に染《し》み込《こ》み、枝の柔らかなしなりは、自然の優しさとなって、私の幼い心と身体を育《はぐく》んでくれた。

私が学校に行き始め、友だちも沢山出来て、桃の木と遊ばなくてもすむようになった頃、大風の夜に、桃の木は根元から折れて枯れた。幹の芯には大きな空洞が出来ていて、わずかな皮が命をつないでいただけだった。いつの間にか桃の木はすっかり年をとっていたのだ。しかし、その身体で倒れる直前まで、みずみずしい薄紅の花を咲かせていたことに、小さな心にも熱いものが込み上げて来るのを、おさえることが出来なかった。

モモ

ヒヨコの電気

田んぼで遊んでいると、知らない男の人が父の名前を言って家を教えてくれという。家に人が訪ねて来ることは滅多《めった》になかったので、私は得意になって案内した。そのお客さんが帰ると、父が「変な人を連れて来ちゃったいなぁ」と笑いながらいった。後になって母が近所のおばさんと立ち話をしているのを聞いて分かったのだが、私が案内した男の人はT電力の人で、私の家はヒヨコの電気の違反を見つけられて罰金を取られたのである。

毎年冬が終わる頃に十羽ほどのヒヨコを飼い始めるのだが、卵から孵《かえ》ったばかりの雛鳥《ひなどり》は寒さに弱く、温めなければ凍え死んでしまう。そこで考えたのが、飼育箱の中に電球を点《つ》けてやるということだった。しかし、その頃の我が家には、四十ワットの電球が二つしか下がっていなかった。それ以上の電気を使うことは契約違反だったのに違いない。

クロッカス

部屋ごとに電気が点いたのは、それから数年後のことだった。玄関の横に付いたメーターが静かに回るのを、私は家に新しい命が通い始めたような気がして、嬉しくて毎日見ていた。

今、私の故郷の村を、柏崎《かしわざき》の原子力発電所から来る百万ボルトの送電線が横断している。冬が終わる頃になると、空《から》っ風《かぜ》を切る送電線が猛獣のような唸《うな》り声《ごえ》を上げている。

サルスベリ

ふるさと東村は山間《やまあい》のせいか、サルスベリが咲くのは八月の中旬からである。それが、この頃は七月から咲き始め、今も記録的な猛暑を浴びて炎のように咲いている。

サルスベリの幹をくすぐると枝が震《ふる》えるというので、子供のころ、よくあの人肌《ひとはだ》のような幹をコチョコチョと撫《な》でた。すると本当に枝先が震えた。関西の友人にそのことを話すと、あちらの方でもそんな遊びをしたことがあるという。

サルスベリのくすぐったがり屋は、全国的らしい。

ところで、猿の名誉にもかかわる、このサルスベリという名前、猿が本当に滑ったことがあるのだろうか。

近頃、どういう訳か私の家にも猿の群れが来るようになった。庭のサルスベリの木に登って、果たして滑るのがいるかどうか……。

サルスベリ

夕暮れ

いつも夕暮れ時に散歩をしている。この時刻は、私と同じように散歩をしている人や、買い物や仕事帰りの人に行き合うことが多い。この時の挨拶《あいさつ》が気になってしかたがない。「こんにちは」では明るすぎておかしいし、「こんにちは」では、ちょっと暗すぎる。今さら何だと言われそうだが、私の心の中で長いこと燻《くす》ぶっている疑問である。

私の生まれた村では、夕暮れ時は「お晩方《ばんがた》です」と挨拶するのが普通で、それが一番ふさわしいと思っていた。しかし、今住んでいるこの村では「お晩方です」という言葉を使う人はいない。だから私は夕方の散歩中、「こんばんは」か「こんにちは」の選択を毎日のように迫られ、結局どちらを選んでも歯がゆい挨拶をしては悩むのである。

日本人は「夕暮れ」が好きな民族だと思う。テレビ番組で毎年のように行われる「あなたの好きな歌」には、「赤とんぼ」「夕焼け小焼け」「朧月夜《おぼろづきよ》」「宵待《よいまち》草《ぐさ》」など夕暮れを歌った歌が必ず上位を占める。

見るものすべてがぼんやりと霞《かす》む何となく寂しい夕暮れ。この、昼でもなく夜でもない曖昧模糊《あいまいもこ》とした時刻から、日本古来の幽玄《ゆうげん》の文化が始まっているような気がしてならない。

この大切な夕暮れに、ふさわしい挨拶がないのは残念なことだ。

少年時代

木造校舎

五年生になって初めて二階の教室になった。始業式が終わると、早速窓からゴミを落としたりして、二階の高さが嬉しくて仕方なかった。教室の床に小さな穴があいていた。その穴を遊ばせておいてはもったいないと思い、私はバケツの水を流し込んだ。

しばらくすると、下の教室の先生が鼻から火を吐きながら駆け上がってきて、私は一階の教室に連れて行かれた。そこでは天井から黒い水が夕立のように降っていて、下級生たちが雑巾や箒《ほうき》を持ったり傘をさしたりして、大騒ぎをしていた。私は黒板の前に立たされ、下級生に睨《にら》まれながらじっくりとお説教された。

一時間ほど立たされ、やっと許されたが、二階へ上がる足は重かった。自分の教室へ帰れば今度は新しい担任の先生から、もっと怒られるに違いない。案の定、教室の入口には先生が待っていた。しかし先生は……もう、分かったよね……、という眼差《まなざ》しで、私の顔をじっと見つめ、小さく頷《うなず》いただけだった。

私は新しい先生が好きになった。そしてこの先生を困らせるようなことは、絶対にしてはいけないと心に誓った。

この間、母校の小学校の閉校式に出席した。あの古い木造校舎も取り壊されるという。

小学校五年生

心の宝石

隣の組との紛争は絶えることなく続いていた。それがある日、きれいにおさまってしまった。

私の出た小学校の一学年は二クラスで、一組と二組がいつも敵対心を燃やし争っていた。

争いの元は毎日の掃除だった。教室が隣同士だから、当然廊下も続いており、廊下のゴミを互いに相手の廊下に掃き出し、出された方が、倍にして返してよこす、と言う他愛《たあい》もない紛争なのだ。

しかしそれが一年生の時から、毎日飽きることもなく続き、半分は遊びなのだが、時には、箒でたたきあうまでエスカレートすることもあった。

ところが五年生の新学期が始まって幾日も経たないある日突然、二組の連中が、私たち一組の廊下まで一メートル余分に掃除を始めたのだ。最初は何がなんだか分からないで笑いながら見ていたが、二組の掃除は次の日も次の日も続いた。

私は「負けた」と思った。力でもなく、言葉にも出来ない、とてつもなく大きな「何か」に、完璧《かんぺき》に負けたと思った。

あれから何十年も経つが、あの時の負けた体験は、いまでは、私の心の中の輝く宝石である。

ワスレナグサ

身体検査

裏側に平仮名で私の名前があるので、私の絵らしいが、描いた記憶がまったくない。

私はふざけてばかりいる、落ち着きのない子供だった。特に図工の時間はめちゃくちゃ遊んでしまい、いつも終わりの時間前の十分くらいで描きあげていた。この絵はおそらく出来上がらなくて宿題として持ち帰らされ、母か姉がブツブツいいながら手を加えたものに違いない。

身体検査が終わって、保健室に飾ってあった、人間の腹を開いた色鮮やかな内臓の模型《もけい》を夢中で見ていて、気がついたら誰もいない。慌《あわ》てて教室に帰ると、先生に遊んでいたと勘《かん》違《ちが》いされ、放課後まで立たされたことを思い出した。

小学校二年生

チャンバラ

物置を片付けていると、クレパスの絵がでてきた。下手な絵なので、弟が小さい頃、草刈りの様子でも描いたのだろうと思っていたら、裏に平仮名の粗末《そまつ》な字で私の名前が書いてあった。

驚いてよく見ると、確かに自分が描いた記憶がよみがえってきた。

小学校三年生のときだったと思うが、図工の時間に先生が「昨日のことを描きなさい」と言ったので、近所の友だちとチャンバラごっこした情景を描いたのだった。

小学校三年生

私たちはチャンバラごっこが大好きだった。それぞれが、たまに見る映画や好きな漫画の主人公になって遊んだものだから、武蔵《むさし》と小次郎《こじろう》の一騎打ちに銭形《ぜにがた》平次《へいじ》が割り込んできたり、近藤《こんどう》勇《いさみ》と織田《おだ》信長《のぶなが》が戦ったりした。源《みなもとの》 義経《よしつね》と宮本《みやもと》武蔵《むさし》が混ざってしまったミナモト・ムサシなどという怪しい武士が現れたこともあった。

切られて草の中に倒れたときの土の香りを思い出す。

いまでも私の眉《まゆ》の横には、その頃出来た小さな傷跡が残っている。

飛行機雲

畑の仕事をしていて、爆音がすると空を見上げ、飛行機が山《やま》の端《は》にあらわれて、キラキラと輝きながら反対側の山に消えていくまで見続けた。

「馬鹿げな顔をして上ばかり見てねえで、仕事だ、仕事だ！」

父によく言われた。飛行機が好きだったというより、百姓の仕事が嫌だった。

小学校三年生

そのうちほんとうに飛行機が好きになり、パイロットを夢みたこともあった。そして雑誌の絵などを見ながら板を削《けず》り、色を塗《ぬ》って飛行機の模型を作るようになった。まだプラモデルという言葉は聞いたこともなかった。

飛行機雲という不思議な雲に興味を持つようになったのもその頃で、その一直線の雲の形がくずれて消えるまで空を見ていた。

私は仕事の嫌いな、ヒコー少年だった。

吊《つ》り橋《ばし》

東村を流れる渡良瀬川には五つの吊り橋が掛かっていた。

杲《ひので》小学校のそばの吊り橋は短い方だが、それでも八十メートルはある。橋の真ん中で飛び跳ねたり揺すったりしてよく遊んだ。

図工の時間に写生をしたら、クラスのほとんどの者がこの吊り橋を描いた。

この絵は絵の具を使い始めて間もない頃だったと思う。橋はもっと細く太鼓《たいこ》橋《ばし》の様に曲線を描いた美しい形なのに、慣れない筆で何度も塗っているうち実物とは似ても似つかない姿になってしまった。

五つの吊り橋のうち、現在残っているのはこの橋だけである。

車椅子に乗って渡りに行ったことがある。

以前より頑丈に補強されていたが、それでもワイヤーロープと板だけの細い橋の中間に立ち止まると、渡良瀬川から吹き上げて来る風と山の緑の中に身体が浮いている思いだった。

小学校四年生

山の向こうの美術館

小学生の時、従兄弟《いとこ》に手伝ってもらって描いた絵が、村の展覧会で賞をもらったことがある。この絵がその時の絵である。良い匂いのする石鹸《せっけん》を一箱もらった。

絵の右上が千切れているのは、そこに金紙が張ってあったのを、乱暴に剝《は》がして千切れてしまったのだ。その後しばらくの間、石鹸の香りがすると、あの時の後ろめたさの入り混じった複雑な思いがよみがえった。しかし褒《ほ》められるということは嬉しいもので、それがきっかけで私は絵が好きになった。

この山は私の家の北東にあり、両手を広げて、私たちの住んでいるところを抱きかかえるような姿をしている。私は幼い頃からこの山に守られていると思いながら育った。

友だちと握り飯を持って、この山の三角形の頂上に登った時、山の裏側を初めて見た。山の裏側は陽の当たらない急な斜面で、足の遥《はる》か下には、渡良瀬川の崖にへばり付くように、何軒かの茅《かや》ぶき屋根《やね》があり、急斜面を彫刻刀で削ったように狭い畑と田んぼも見えた。そこは草木《くさぎ》という場所で、名前のように草と木に埋もれている、寂しいほど静かなところだった。

その草木に、あれから三十数年後、私の描いた絵や詩を展示する美術館が建ち、毎日沢山の人が訪れるなんて……、私も驚いたが、山の熊たちはもっとたまげているだろう。

小学校三年生

小学生の時の
詩と作文

　小学生の時書いたものが出てきた。六年生の卒業間近に、担任の先生が「自分の文集を作る」という時間を設けてくれ、その時に掻《か》き集めて一冊に綴《と》じたものを母が保存しておいてくれたのである。

　読んでみると、作文などは平仮名ばかり、「はらがへった」と「食う」ことばかりしか頭になかったようで、誤字もあり句読点もめちゃくちゃで、私がもし、こんな子供の親なら「もっと勉強しろ」と言っているに違いない。

　子供の頃を、もう少し格好良く見せたかったが、こういうものが残っている以上どうしようもない。

　これだけを読むと、父母を助け一生懸命家を手伝った、親孝行な子供みたいだが、これは授業で習った農業詩人・大関松三郎《おおぜきまつさぶろう》の『山芋《やまいも》』という詩集の影響で、特に「働く詩」を書いたからである。もちろん農作業の手伝いも随分したが、家の手伝いより遊ぶほうが好きだったのは言うまでもない。しかしこれらの詩や作文を書くことにより、子供ながらも、働くことの尊さや、生きることの意味を考えたことは確かであり、良い先生と本に巡り合ったと感謝している。

くわとり

家のすぐ前にしげっているくわ。
このくわをはさみで　ぱちん　と切った。
きもちのいい音だ。
ぱっと明かるくなった。
そのたびにつゆがぱらぱらとぼくの手や頭におちてくる。

くわの木がぬるぬるして　木からおちそうだ。
それをいちいち気にかけていれば
くわはとれない。
ぶっかけそうなところは
大きな木になわをはってつって木にのぼるのだ。

とてもめんどうな仕事だ。
だが　この仕事をしなければ　かいこは死んでしまうのだ。
人間はたべていくためにつらい仕事もしなければならない。
かいこをかうことも　たべることがあるからだ。

さつまいもほり

家の上の高い畑で
おれはさつまをほっている
おれは　さつまをくっていることをかんがえながら　ほっている

下を見ると　おとなの人がかけっている
うれしいことでもあるのだろうか
いや　それともおれとおなじに
さつまをくっていることをかんがえているかもしれない

おれはさつまをほっている
さつまをほれば　おれのかんがえも
ほんとうになるだろう

ゆうだちはありがたい

ざざーと雨がふってきた
とうちゃんやかあちゃんはまたふってきたとこまったかおおしている
おれはほっとしたこれであそべるとおもったからだ
ゆうだちはまい日くるそのたびにおれはあそべる
だからゆうだちはありがたい

畑うない

星が二つ三つ見えてきたころ
おれと、とうちゃんと、かあちゃんは
まだ畑をうなっている
おれはことしはじめてはたけをうなえるようになった
きょうでさつまの畑をぬかせば
ぜんぶおわるのだ
鳥もなんにもなかない
「はあはあ」といういきの音がするだけだ

さいごの一くわだ
おれはうんといきをすって
おもいっきりさして　ひっくりかえした
むねがすうーとした
おれはしゃついちまいで
えんぐわをかついで家へかえっていった

つくえ

六年のはじめからつかっているふるいつくえ
ごとごとして赤いしみがついている
このしみはしばいをするとき目じるしに
つけたしみだ

あなもあいている　そのあなもおれが
あけたのだ　いまでは、そこええんぴつを
さしている

おれのまえにこのつくえをだれがつかったろう
おれがつけたきづでないももついている
きっとおれのまえにつかった人がつけたのかも
しれない
おれのつくえでこぼこのつくえ

三日でやめた日記

三十日　火曜日　晴

きょうは朝からもちつきだ。　おきてみるともうもちをついていた。　まんがやしょうせつには　もちをつく音は　ぺったん　と音がするが　ほんとうはぺっぺっ　と音がする。

もしきひろいにいくと　まだ雪がのこっていてさむかった。でも　うちへいくとあったかいもちが　くえると思うとうれしかった。

一月四日　晴

きょうはどこの家でもみんなおきゃくさんがかえるので　にぎやかだった。

おれはきいちゃんをおくって　こんどはえんごねえちゃんをおくっていちばんあとはまこねえちゃんだった。　いそがしかった。

一月五日　晴

きのうみんなかえってしまったのでどこの家でもみんなしずかだった。　おれも　なんとなくさびしかった。

遠足の朝

きょうは、いよいよ遠足だ。朝起きて耳をすますと雨の音がした。ぼくは雨かとおもってがっかりしてしまった。ぼくは、この間学校で雨がふればいいなあーとみんなにふざけていったからかなっとおもった。でも遠足の前の日になるとそんなことは、わすれてたのしみになってきた。

したくをしているとおかってでなにかをあらう音がした。晴れているのかなとをもった。思いきって戸をあけた。そうしたらあまだれがをちていた音だったのだ。三境の山を見たら朝の太陽が顔を出していた。おそいかなとおもって時計を見たらあいにく時計はおとといの朝おとしてこわれていたのでらじおをかけてきこうとおもったがすいっちのところまでとどかなかった。ふみだいをつかをうとおもってみつけたらなかったのでぼくは、にくらしいからていぼうんちえききにいった。そうしたら6時だった。ていぼうははとをもっていぐかといったのでうんといった。よういしたみかんばこのへんなのをもってきてはとを三羽いれた。そしてうちへいったらよういができていたのでごはんをくうと山へいってなにかがうんとくえねえからくわないできた。みっちゃんちえまわるきになったがおとどい学校へいぐときにげられたからきょうは、おいらがにげちまえとおもってにげていった。ていしゃばにつくとみっちゃんがきてどうしてみ（に）げたんだといったのでまわっていこうと思ったがかどやへよっていったのでまわっていげなかったとごまかしてしまいました。そしていよいよ目ざす三境へのぼりはじめた。（終り）

海

おれのまっていたりょこうがきた。りょこうでいちばんうれしかったことは、海がみられるからだった。そして、とうとうはせかんのんの山で海をみた。かいがんに白いなみがいったりきたりしていた。

りょかんにきてすぐまえの海であそんだ。かいをひろったり、なみとかけりっこをしたりした。

とおくから見た海は青かったけれどにごっていた。おれは海は青いものだとばかりおもっていた。

さかながいっぱいいた。かにもいた。うしざっかわにいるくらいのさかなならいくらってもいた。どうしてここの子どもはとらないんだろうとおもった。

おきの方にふねがうかんでいる。よっと、ぎょせん……まだみたこともないものがいっぱいあった。

かいがんにはわかめがいっぱいあった。ふつう学校のきゅうしょくぐらいしかくえないのに、ここの人はどうしてとってやすくおいらのほうにうればもうかるのになあとおもった。

ぼくの家

ぼくの家は二かい立てです。二かいは、わらや田んぼこやかいこのかごがあがっています。むかしは、ここでかいこをかっていたのだそうです。いまはこやがなくなってしまったのでここへなにかをいれておきます。ぼくは二かいへのぼるたんびにはやくぼくが大きくなったらこやをたててわらや田んぼこをこやにいれていまのようにざしきでかいこをかわないで二かいでかおうと思います。そうすればきたなくへやがならずにすみます。きょ年もくわのきをかってきて畑のはんぶんぐらいうえました。だからそのくわがおおきくなったらいまよりももっとかいこをかうのだとおもいます。そうでなければ一つのへやぐらいでわたらなくなってしまいます。だからはやく大きくなって一日もはやくこやをたてたいと思います。そしてぼくは牛をかってみたいとおもいます。いまはうさぎでまにあわせています。おとうさんはとしをとっているからおとうさんは大きくならないでぼくが大きくなったらいいなあと思っています。（終り）

群大病院から

手紙とエッセイ

奈良《なら》さん

手術室から戻って来た奈良さんの最初の言葉は、「腹が減った、何か食わしてくれ！」だった。「夕飯に重湯《おもゆ》が出るそうだから、それまで我慢しなよ、全身麻酔だったんだよ」と心配そうに息子の帰るのを待っていたお母さん。

しかし奈良さんは、家族の人が持ってきた弁当の握り飯を、すごい勢いで三個ほど食べてしまった。手術室から戻った直後に元気の良い人は時々いたが、しばらくすると風船が萎《しぼ》むように静かになる人が普通だった。しかし奈良さんの元気は一向に衰えず、夜中にも何か食べ、翌日も翌々日も、その次の日も、病院食の他に出前のカツ丼やラーメンや弁当など、合計六食くらいを毎日食べ続けた。

「いっぱい食わなけりゃ、傷が治らないよ」奈良さんの持論《じろん》なのだ。

一週間目、手術後初めての包帯交換の最中、カーテンの向こうの奈良さんの声が急に聞こえなくなった。先生や看護婦さんが帰った後も、奈良さんはベッドに寝たままで何もしゃべらなくなってしまった。奈良さんのお母さんが私のところに来て小声で教えてくれた。

「手術の傷を見て、たまげて脳貧血を起こしたんだよ。気が小っちゃいんだよ」と言って、フフッと笑った。

その後の奈良さんは、食欲が少し衰えたようだった。

奈良さんのところには、若い女性を除いて様々な層の人がお見舞いに来た。楽しい人で、私は奈良さんの傷が出来るだけゆっくり治ってほしいと思った。面白半分に奈良さんの絵を描いた。本当はもう少し良い男だけれど、奈良さんはこの絵を気に入ってくれて、三十数年過ぎた今日まで、皺《しわ》ひとつ付けず大切に保存して下さっていた。

奈良嘉祐氏像
群大病院に入院し
頭は正常と認められる
笑いと塩辛をこよなく愛す
星野富弘

タカちゃん

学校から帰ると入院している母親に付き添い、夜も仮のベッドに寝ながら母親の世話をし、朝、病院から学校に出かけていく高校生がいた。

母親の入院は長引き、高校生のお姉さんが卒業すると、付き添いは同じ高校に入った妹に引き継がれた。

朝、母親の尿瓶《しびん》を持ってバタバタと廊下を走っていくセーラー服姿に、「えらいなぁ」と思うと同時に、ほのぼのとしたものを感じた。

明るい姉妹で冗談を言っては大きな声で笑い、私たちをずいぶん励ましてくれた。

もっと美人なのだが、それでは面白くないので、わざと太目に描いた。怒られそうなので、とうとう本人には見せられなかった。

一九七八年

入院中の絵

いわしも母も大きな口を開けていた

「よかったですね。こんなに出ました」

ストレッチャーを母が押して散歩

ぜんちゃん

ぜんちゃんの手術は、頭と腰骨にそれぞれ四箇所穴を開けて、そこに金具をつけ、時間をかけて曲がった背骨を矯正するというものだった。背中も手術したらしく、寝ても起きても辛そうだった。群馬県の北部にある自然豊かな村の青年で、私も学生の時一度行ったことがあったが、なだらかな高原野菜の畑と赤い実をつけたリンゴの木が美しかったのを覚えている。

私が「きれいな村じゃないかい」と言うと、ぜんちゃんは「飛行機やＳＬのホテルもある」と苦しそうな息で話した。看病に来ていたお母さんも、「ぜん、我慢しろよ。ぜん、食べるか」とまるで幼児に話しかけるように、ぜんちゃんのベッドのまわりをクルクルと廻った。ぜんちゃんは、曲がった背中のことで苛《いじ》められたりして、随分辛い思いをして来たのだとお母さんは言った。

私はその時、坪田譲治《つぼたじょうじ》の『風の中の子ども』という本を、涙が出るほど感動して読んでいた最中で、その中に出てくる善太《ぜんた》という子供と、ぜんちゃんが重なり、心の中で、隣のベッドのぜんちゃんに声援を送っていた。

私のところに来た渡辺さんが、「ぜんちゃんの村では何が採《と》れるの」と聞くと、ぜんちゃんは「赤ん坊がとれる」とすました顔で答え、病室の人気ものだった。

ぜんちゃんに車椅子を押してもらって、散歩したことがあった。廊下を歩くとき恥ずかしかったのか、ぜんちゃんは頭の金具の上からシーツを被《かぶ》った。

「月の砂漠の王子様みたいねぇ」

すれ違った人のささやく声が聞こえた。

同室で友だちになった人の絵を十枚ほど描いたが、ぜんちゃんの絵が、一番似ていると思っている。

一九七八年

雪子さんちのお姉さん

館林《たてばやし》市で詩画展を開いたことがある。中心となってあちこち走り回り熱心に準備を進めてくださったのが、雪子さんという若い看護婦さんだった。

雪子さんのお姉さんも赤ちゃんを背負いながらいろいろと手伝ってくださっていた。打ち合わせで私の家に来た時お姉さんは赤ちゃんを背負って来た。その時のスタイルが見事に決まっていて、しびれるほどだった。

ぞうりにもんぺ、利《き》かなそうな子供を一本の帯で背中にくくりつけた格好は新鮮でさえあった。帰ってからその姿を思い出しながらペンで描いて、次に来た時に差し上げた。

先日、久しぶりに手紙をいただいた。中にすっかり忘れていたその時の絵のコピーが入っていた。おぶさっていた赤ちゃんはもう高校生だという。

そうだ！　この絵は雪子さんのお姉さんのビボウと名誉のために断っておかなければならない。もんぺの継《つ》ぎ当《あ》てと臍《へそ》は私が勝手につけ加えたものである。

一九八四年一月二十九日

母から姉・栄子《えいこ》への手紙

一九七三年二月

すっかりごぶさたしておりますが皆様元気の事と思います。
急に又寒さがきびしくなりここ一週間ぐらいは部屋の中
でも朝夕はブル〱ふるえてしまいます。
去年の今頃は富弘もかぜの為、ずい分苦るしんで親子
して、ねむれぬ日々が幾日か[redacted]ありました。でも今年に入り
たまにわ熱が少しぐらいは出ますが、すこしと元気で
おちついております。何しろ前橋は、風が吹き通しといっても
よいくらい冬は[redacted]冷たい赤城おろしによそから入
院してくる人達はみんなびっくりしております。
もう少しの所今はあまりストレッチャーにものらず
部屋の中でがんばっております。
二ヶ月前より口で字を書くれんしゅうを初めました。
体を横にした時私がスケッチブックをしっかりと前で
もっているのです。下の方になりますと本を第にしてや
るのです。初めの頃は全く字にならず熱まで出してしまう
有様でしたがこれが毎日二回ずつだん〴〵なれてきて
此の頃では横になるのが楽しみにやっております。
でも私の方がつかれて少しも身うごきできず立っているので
すからそれは大変です。本人は何とか手紙ぐらいはと
心臓です。生徒が毎月二回はかかさず手紙をくれる子が
いますので一週間前やっとの思いで返事を出してやり
ました。どんなに富弘も私もうれしかったか知れません。
次は栄子姉ちゃんと、はりきって書き上げた物です。
ほめて上げてね。病院でもみんな感心しております。
何しろせつない無理出来ない体いつどうなる事かわか
りませんが気持だけは何とか出来る事からとがんばっております。
今は聖書以外はぜん〱本も読みません
では又目がつかれて字が中〱かけなくなりました。
みんな体に気をつけて四月桜の咲く頃には皆んなして
出かけてきて下さいね。たのしみにまっております。
和秀信明の顔がみたくてたまりません
いつも二人で話しております。

姉・栄子一家への手紙

一九七三年二月十二日

秀夫兄さん エコ姉ちゃん 和ちゃん
それに信明ちゃんお元気ですか。
こちらは先日浅間山が噴火して
タマゲましたがとても元気です。かあちゃん
も寒さの中でがんばってます。ありがたい
もんです。今、字の練習をしています。
自分の名前がはじめて書けた頃の
よろこびを再び味わっています。
いままでも変な手紙ばかりだったので
「俺の手紙にはまともなものは一つも
なかったなァ…」なんて思いながら書いて
います。
小川さんという方は見えませんでした
がすぐ聖書を送って下さいました
今日も前橋キリスト数会の方が来てかあち
ゃんが買物に行った間、長いこと話合手に
なってくれました。熱意に打たれます。
身体が不自由になり、はじめて顔を向ける
方向を知りました。「苦しみを背負わず
だいて歩く者になります。」小児マヒの小供
を持った作家の水上勉の奥さんの言葉
だそうです。
早くあたたかくなって信明ちゃんの顔が見たい
ねえ、和ちゃんの歌が聞きたいねえ。

甥《おい》・和秀《かずひで》への手紙

一九七四年十月七日

かずひでくん　おげんきですか。
とてもじょうずな　えをありが
とう。かずひでくんが、かぶとむ
しをとっているところ
ですか。
のぶちゃんと
なかよくあそ
んで
いますか。とみひろおじちゃんも
おばあちゃんも、とっても、げんきで
すよ。またびょういんにきて
ください。こんどは　おうたをうた
ってくださいね。かずひでくんと
おとうさんと、おかあさんと、のぶ
ちゃんがいつまでもしあわせで
ありますようにイ《い》エ《え》ス《す》さまに
おいのりしています。

49. 10. 7

一九七五年二月十八日

お元気ですか。和秀君とのぶちゃんは
仲よくおかあさんやおとうさんの言う
ことを聞いてあそんでいますか。
お正月の時はどうもありがとうございまし
た。今年は洗礼を受けたからでしょうか
本当にあたらしい気持で新年をむかえ
ることができました。新聞などの調査を
みると　人の気持ないかにふさぎこんでいる
か。いっけんあかるく見える病院の外があまり
あかるいものではないということが
わかります。しかしこのような年にこそ
本当の生きがいを見つけることが出きるの
ではねえだんべえか。山んちで育って草む
しりをしたTモねえちゃんだましいなモノに
なるんじゃあねえだんべえか。二人とも
元気です。さようなら。
富弘

甥・和秀とその家族への手紙　一九七五年六月一日

かずひでさま

たなひろおじさんのけっこんしきのときは、びょういんにもよってくれてありがとう。かずちゃんがとてもおりこうさんなので、うれしかったよ。それからてがみをありがとう。じがうまくなったねえ。よんでいておもしろくてわらってしまいました。のぶちゃんとなかよくあそんであげてくださいね。

さようなら。

その他多勢の皆様

昨日、若夫婦が来て、家の方もさくやから落着いたとのことです。さくちゃんはうれしくて自昇唄が止まらず、高弘は会社から吹っとんで帰って来るし、とにかくメデテテエ、メデテテエ。家がきれいになったってねえお夫本当にうれしいよ。結婚式のテープを聞いたよ。今、かあちゃんが聞きーながらニヤニヤしている。

また会える日を楽しみにしてます。

六月一日

甥・和秀と姉・栄子夫妻への手紙

一九七六年七月三日

店長御夫妻様

ごブタさしてます.
字が書けるようになってから
手紙の返事を書かないと
気がひけます.
でも和秀様の方だけで
くたびれたから
もうやめます.
8月にはゆっくり かえります

さようなら

S.51.7.3

和秀様

こんにちは. おげんきですか.
おてがみありがとう.
学校がとてもたのしそうですね.
いろいろな.かかりがあっておもし
ろいですね.
おじちゃんも.おばあちゃんもげんきです
びょういんのへやがあたらしくなりまし
たから. こんどきたとき. まちがえない
でください. あかるくてとてもよいへや
です. れいぼうもきくんですよ.
あした(4日)の日ようびは.じどうしゃ
にのって 教会(きょうかい)へいきます.
かずちゃんもイエス様のことを
わすれないでください.
のぶちゃんとなかよくしていますか.
かずちゃんは学校へいって.いっぱい
ともだちがいますが. のぶちゃんは
いえにいて.ともだちがいません.
だから.のぶちゃんともいっぱいあそん
であげてください。
また.とみひろおじちゃんや.おばあちゃん
に あいにきてください. さようなら.

姉・栄子への手紙

一九七六年九月

こんにちは。
しのぎやすい季節になりました。
皆様、大成功ですか。
和秀君は、そろそろ運動会では
ないでしょうか。
先月はいろいろお世話になりまし
た。一度、娑婆の味をおぼえてしまっ
たら、外の空気が吸いたくてたまり
ません。
今、病院では講堂の増築工事を
やっているのですが、それがおもしろ
くて、散歩の大部分を工事の見
学に費しています。
ガラス一枚へだてたすぐそばで、
シャベルカーや、ブルトーザーが土を
掘り器用にすくい上げてはダンプに
積んでいる所などは、つい機械の
くせになまいきに動きやがって…
などと思ってしまいます。
現在は鉄筋を組んでいますが
細かく組むのには全く感心して
しまいます。今やっているのは土中
に埋ってしまう部分ですが、
鉄筋の建物の見えない部分に、あれ
ほど細工がしてあるとは知りません
でした。母ちゃんも、タマゲタ。
タマゲダとタマゲています。
以上、現場報告を終ります。
十月九日から一週間帰ろうかと
思っています。
それでは皆様お体にくれぐれも
気をつけて下さい。さようなら。

一九七六年十二月一日

No 1

和秀様
こんにちは。
おげんきですか。学校がとても
たのしそうですね。さんすうは
ずいぶんむずかしいけいさんがで
きるようになりましたね。
いっしょうけんめいべんきょう
している和秀くんのすがたが
びょういんからも見えるよう
です。字も、うまいですね。
おじちゃんもおばあちゃんも
とてもげんきです。さむくなっ
たので そとにはあまり出られ
ませんが、くるまいすにのって
びょういんのろうかを まいにち
さんぽしています。

しつもんにこたえます。
一、三十さいです。
二、お正月にいえにかえりたいなあ。
三、たいそうをしていてけがをした。
四、さかだち
五、花のえ。(今《いま》きくの花を
かりています。

六、せいしょをよみながらイエスさまのこと。
七、和秀くんや信明ちゃんに、あいたいなあ。

なぞなぞのこたえ。
①しろみ。
②にわか雨
③わかりません

それではかぜをひかないようにきをつけてください
信明ちゃんにえをありがとうといって下さい。
おとうさんとおかあさんにどうぞよろしく。
さようなら。

十二月一日

義兄への手紙

一九七七年十月十日

NO 1

今日は皆様お元気ですか。

八月に神戸へ帰った時はお世話になりました。

ベッドをせっかく送っていただいたのに申し訳ないと思っております。

でも家へ帰った時つかえると思いますし、考えれば病院でもつかえるようになると思います。

昨日、井口さんが訪ねて来て下さいました。

見たこともない者の所へ、まして病人の所へ来て下さるということは、並の人間には出来ない事だと思います。デザインをやっているそうですが、帰ってしまってから、筆や、紙、絵の具、台、など、寝ていて使うのに便利そうな道具を教えてもらえば良かったとくやんでいます。

信ちゃんと和秀君に敬老の日の手紙のお礼を星野家一同にかわり言って下さい。

十月十二日から二十一日まで家へ帰ります。

涼しくなりましたが、皆様カゼに気をつけて下さい。

お正月にはまたお出かけ下さい。

さようなら

十月十日
星野富弘

渋谷秀夫様
その他

姉・栄子への手紙

一九七八年八月

暑中お見舞申し上げます。
結構な夏かげんでございますね。諸後者
は出ませんか。前橋も36度を超える日
がありますが、温泉のおかげで苦しいの
は夜だけです。母ちゃんも俺もまただ
余裕がありなます。しかし暑い日は、[redacted]
[redacted]、高助の盛治やんの家の涼しさを[redacted]
思[redacted]い一日も早く帰りたくなります
十日頃の予定でいます。
会える日を楽しみにしています。
暑さの中、頑張って下さい。信ちゃん
和ちゃん、元気で神戸へ来て下さい。

T.S

姉・栄子と二人の甥への手紙

一九七八年十二月

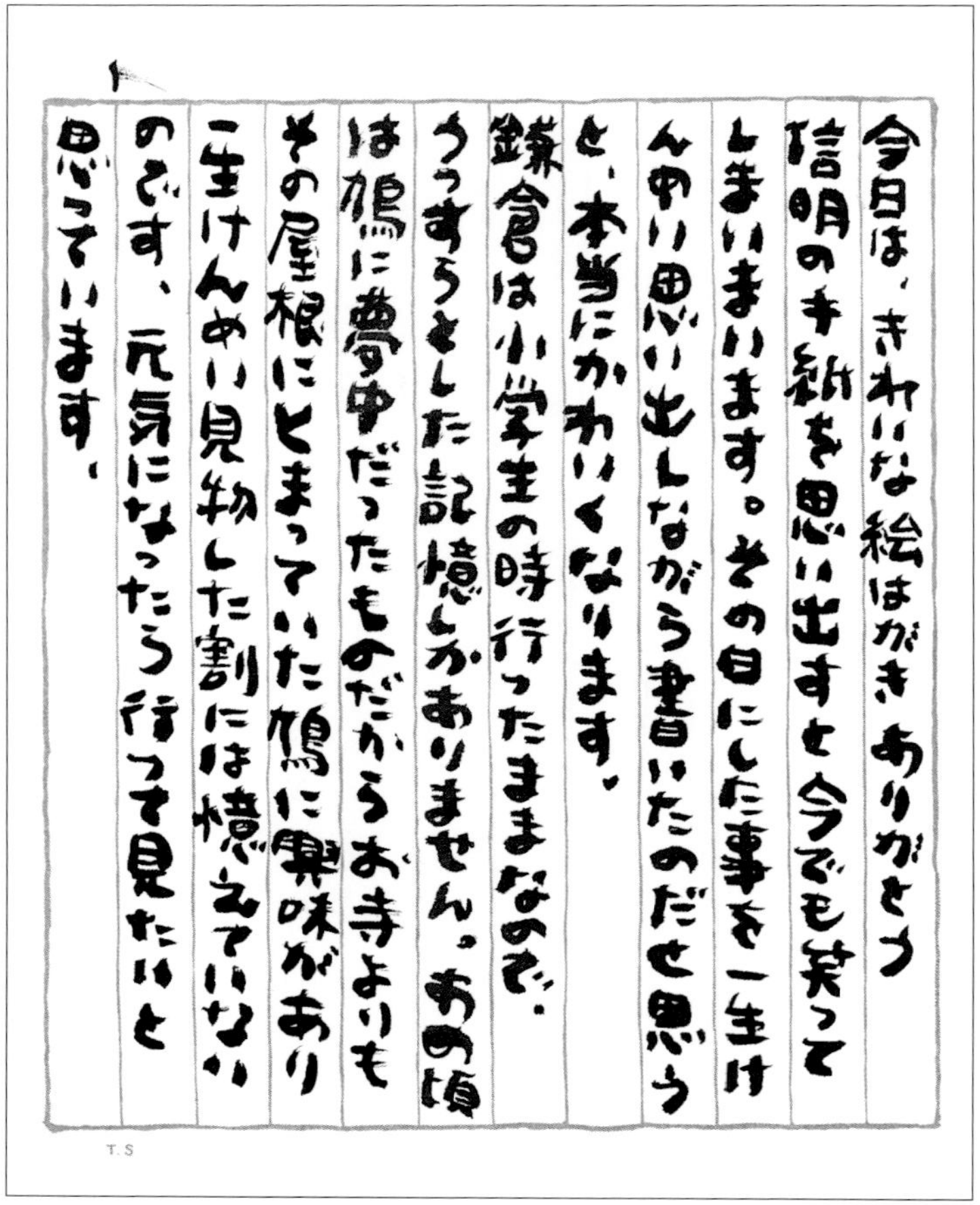

1

今日は、きれいな絵はがきありがとう
信明の手紙を思い出すと今でも笑って
しまいます。その日にした事を一生け
んめい思い出しながら書いたのだと思う
と、本当にかわいくなります。
鎌倉は小学生の時行ったままなので、
うっすらとした記憶しかありません。あの頃
は鳩に夢中だったものだからお寺よりも
その屋根にとまっていた鳩に興味があり
一生けんめい見物した割には憶えていないか
のです、元気になったら行って見たいと
思っています。

T.S

2

母ちゃんは先週二泊三日で佐知子の所へ行っ
て来ました。仕事が目につかず、ゆっくり休
めたそうです。部屋をきちんとしておく
と言って感心していました。それもガキでも
うまれれば、どうなることやら、顔を洗う
べそと思っても洗面器の中におしめが
つっこまっていて・・・などとグチをこぼす
日が来なければいいですがねえ。
父ちゃんは四国旅行でごきげんです。もう
次の予定があるとか。あの年でたのもしい
のですが、今年行っておかなければ、来年は
わからないから・・・。と言いながら楽しみな

T.S

3

外へ〳〵と求めている姿に一抹の淋しさ
と責任を感じています。
俺は三日ほど前から毛筆で字を書
き始めました。サインペンより力がいらず
早く書けるので楽です。上達には縁の無
さそうな字ですが。新雪の上にぐいぐい
足跡を残して歩いて行くような楽しさが
あります。墨の色を見ていたら突如とし
て二〇年ほど前の記憶が脳のしわの間から
出てきました。栄子姉ちゃんはどうでしょ
うか。はるなつあきふゆひかりそらはしくもす。
すみのはらむらたにかまきと。季夫さんによろしく。

TS

和秀君
もうすぐ二年生ですね
勉強もいっしょうけんめいしている
ようですね。信明君ともあそんで
あげてくださいね。
またいなかにきてください。
たのしみにまっています。

おばあちゃん
とみひろ おじちゃん

TS

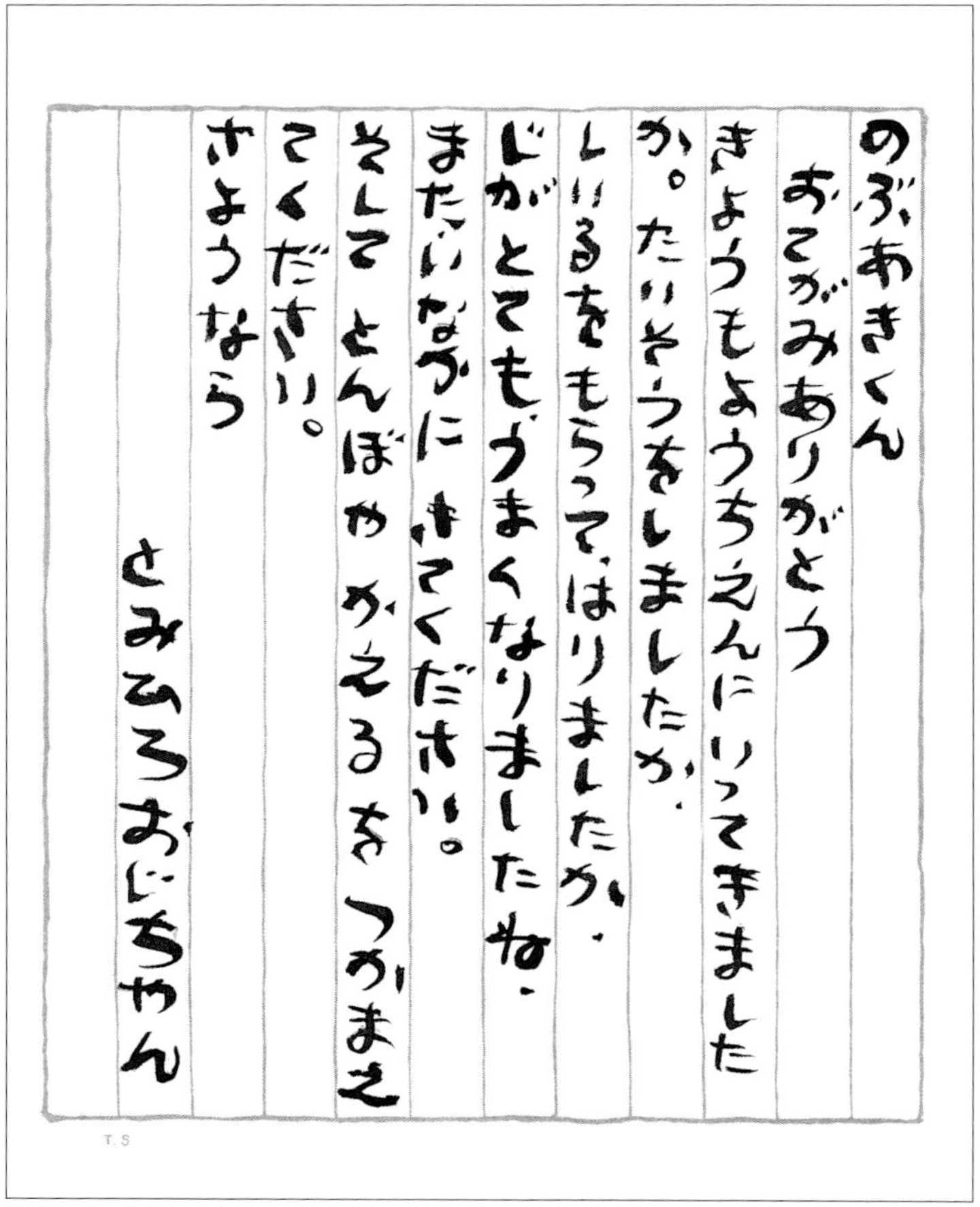

のぶあきくん
おてがみありがとう
きょうもようちえんにいってきました
か。たいそうをしましたか。
しいるをもらって、はりましたか。
じがとてもうまくなりましたね。
またいながにきてください。
そしてとんぼやかえるをつかまえ
てください。
さようなら

さみひろおじちゃん

T.S

甥・和秀への手紙

一九七九年一月

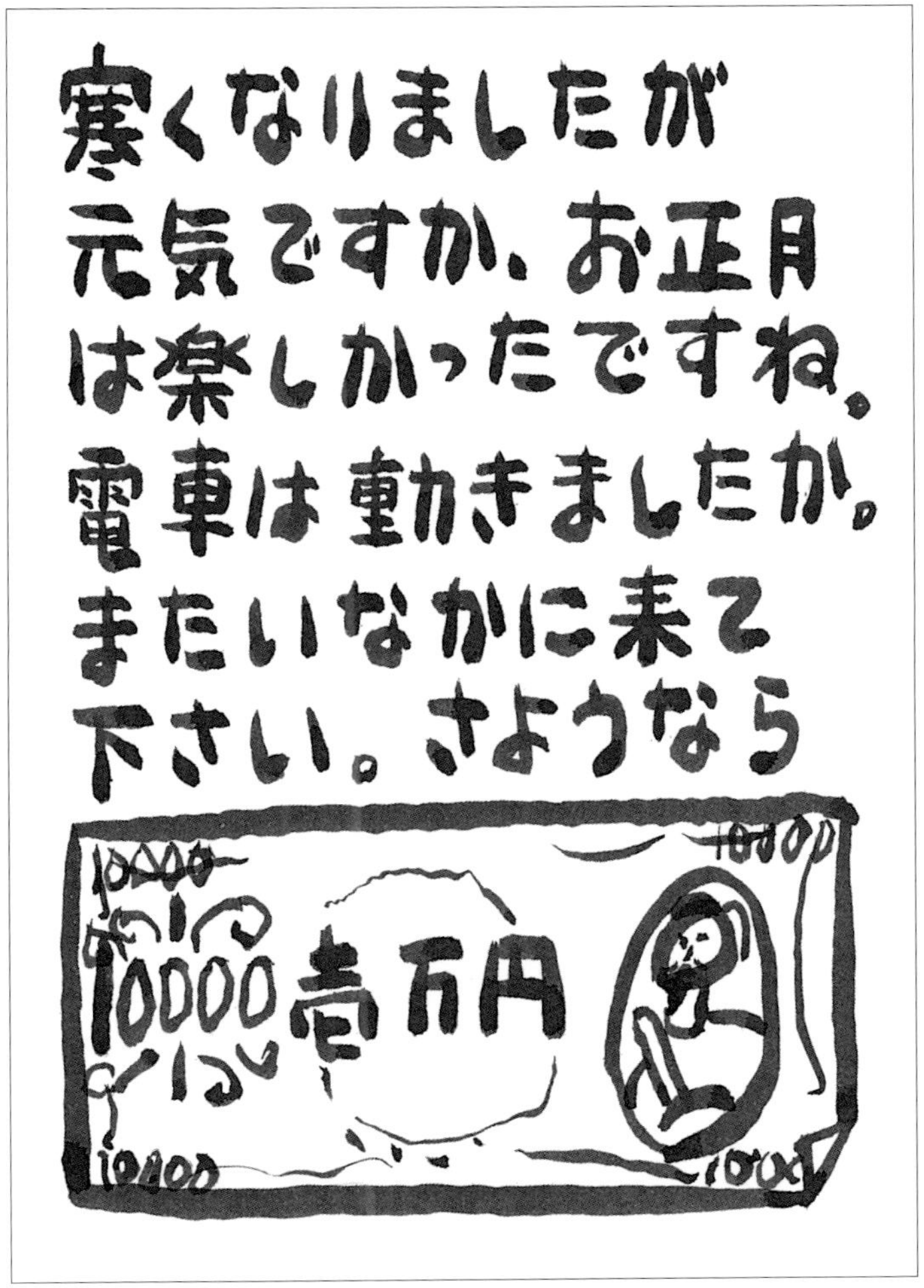
寒くなりましたが
元気ですか、お正月
は楽しかったですね。
電車は動きましたか。
またいなかに来て
下さい。さようなら
10000
壱万円

甥・信《のぶ》明《あき》への手紙

一九七九年一月

こんにちは のぶちゃん
げんきですか、おしょうがつは
たこ があがってよかったですね
また いなかに きて
ください。さようなら
のぶ
あき

甥・和秀への手紙　一九七九年九月

和秀君、こんにちは。
神戸では、
楽しくして
くれて
ありがとう。
駅の名前をたくさん
言えるので、たまげました。
さようなら。

甥・信明への手紙　一九七九年九月

のぶちゃん
こんにちは。
おてがみありがとう。
おしょうがつに
またきて
ください。
たのしみに
しています
さようなら。
とみひろおじちゃん、
ぐんだりのおばあちゃんより

右の二点の絵は『マザーグース』（ギョー・フジカワ絵）のイラストを参考に書きました。

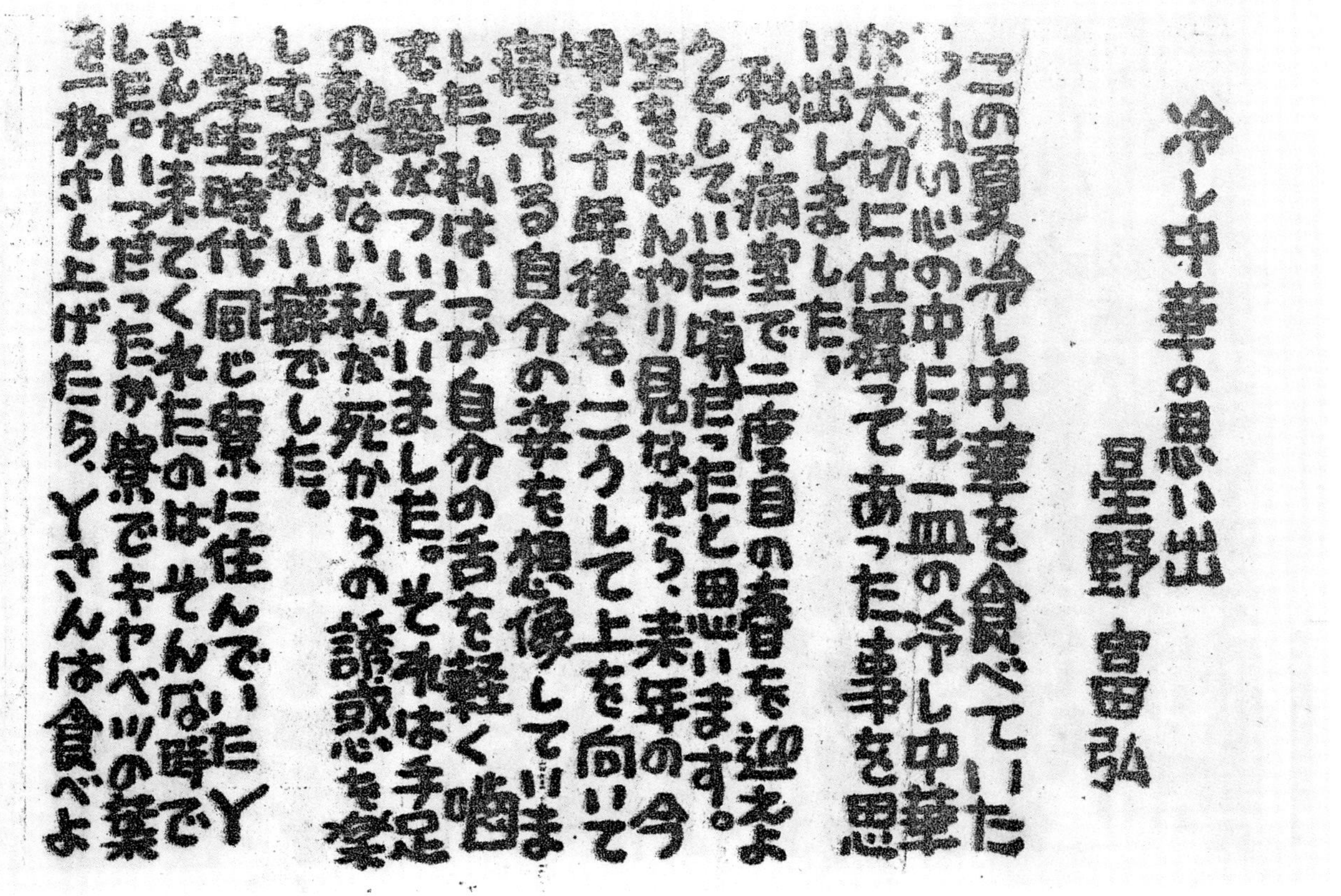

冷し中華の思い出

星野富弘

この夏冷し中華を食べていたら私の心の中にも一皿の冷し中華が大切に仕舞ってあった事を思い出しました。

私が病室で二度目の春を迎えようとしていた頃だったと思います。空をぼんやり見ながら、来年の今頃も、十年後も、こうして上を向いて寝ている自分の姿を想像していました。私はいつか自分の舌を軽く噛む癖がついていました。それは手足の動かない私が死からの誘惑を楽しむ寂しい癖でした。

学生時代同じ寮に住んでいたYさんが来てくれたのはそんな時でした。いつだったか寮でキャベツの葉を一枚さし上げたら、Yさんは食べよ

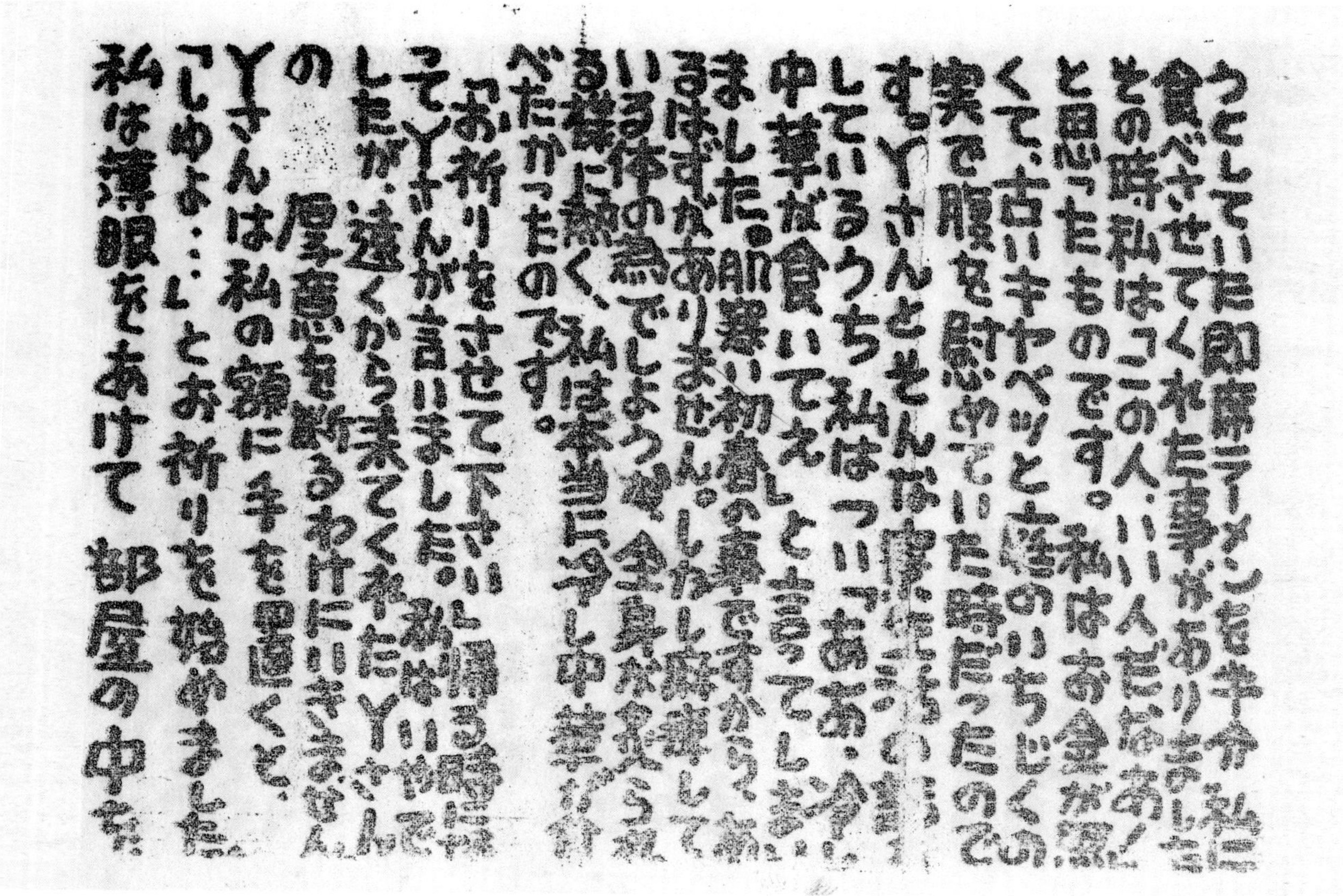

うとしてた即席ラーメンを半分私に食べさせてくれた事がありました。その時私は「この人、いい人だなあ！」と思ったものです。私はお金が無くて、古いキャベツと庭のいちじくの実で腹を慰めていた時だったのです。Yさんとそんな寮生活の話をしているうち私はつい「ああ、冷し中華が食いてえ」と言ってしまいました。肌寒い初春の事ですから、あるはずがありません。しかし麻痺している体の為でしょうか、全身が炙られる様に熱く、私は本当に、冷し中華が食べたかったのです。

「お祈りをさせて下さい」帰る時になってYさんが言いました。私はいやでしたが、遠くから来てくれたYさんの厚意を断るわけにいきません。

Yさんは私の額に手を置くと、

「しゅよ…」とお祈りを始めました。

私は薄眼をあけて、部屋の中を

見回しました。同室の人達に、おがみ屋を頼んだと思われているようではずかしかったのです。その祈りが後の私の人生を大きく変えてしまうことになろうとは、露ほども知らず私はYさんの以外と大きい手の下で、「Yさん、悪いけど、もう少し声を小さくしてください」と祈っていました。それから約一時間、〈Yさんも、キリストさえ出さなければ、いい人なんだがなあ…〉などと思っているところへ帰ったと思っていたYさんがまたもどって来ました。そして驚ろいたことに、風呂敷の中から、冷し中華を取り出したのです。私は、〈やっぱりキリスト教は、すげえ…〉と感心しながら夢中で食べました。熱い体の中に風が吹き通るようでした。しかし長い間、おかゆしか食べていない腹は、半分も食べないうちに、いっぱいになってしまいました。Yさんへの感謝の気持も半分になるようで、くやしくて、しかたありませんでした。全くの他人の私を自分の体のように思ってくれるYさんの背中を見送りながら、私は自分の苦しみだけのために苦しみ、生きることをあきらめていた自分が、はずかしくなってしまいました。Yさんから聖書が贈られたのは、それから少し後のことでした。

あれから六年半になります。私はあの頃想っていたように、やっぱり上を向いて寝ています。しかし私の見ている空は、イエス様の上って行った空になりました。舌を噛む代りに筆を噛んで字を書いています。冷し中華は全部食べられるようになりました。つゆを吸っていたら、両の目が涙でいっぱいになってしまいました。冷し中華の芥子がしみたのだと思います。

米谷《よねや》牧師への手紙

一九七四年九月二十三日

米谷さん、朱美さん 御結婚おめでとう
ございます。神様から米谷さん、そして
朱美さんの手を通しておくられた聖書
が今、私のまくらもとにあります。
お二人とまだ見たことのない方がそばに
いるような気がします。

お二人にいつも別々にお会いして何も知らなかっ
た私には「じつは、こうなっていたのだよ」と
神様がほほえんでいるような気がします。
すばらしい御配りょに感謝するばかりです。
米谷さん朱美さん、ほんとに、ホントニ、おめで
とうございます。
御活ヤクを、母とともにいのっています。

九月二十三日　富弘

秋ですねえ.
病院という区切られた土地
の中にも主は忘れずに季節
を運んで来てくれます.
(きまってるじゃねえか…)なんて
言わないで下さい. 同じ窓から同
じ一本の木を毎日ながめていると
こんなあたりまえのことが不思議
に思えてなりません。
お元気ですか。中野島に移られ
てダイカツヤクをしていることと思い
ます.
朱美さんがはたらいていたリカバリィ
の下の池をかきました. うるわしき
母と泳ぐ魚をみているという
文部省推選の絵です.
米谷さんと祈りの中において身近に
いられるよろこびを感謝します.
10.5

米谷夫妻への手紙

一九七六年九月十六日

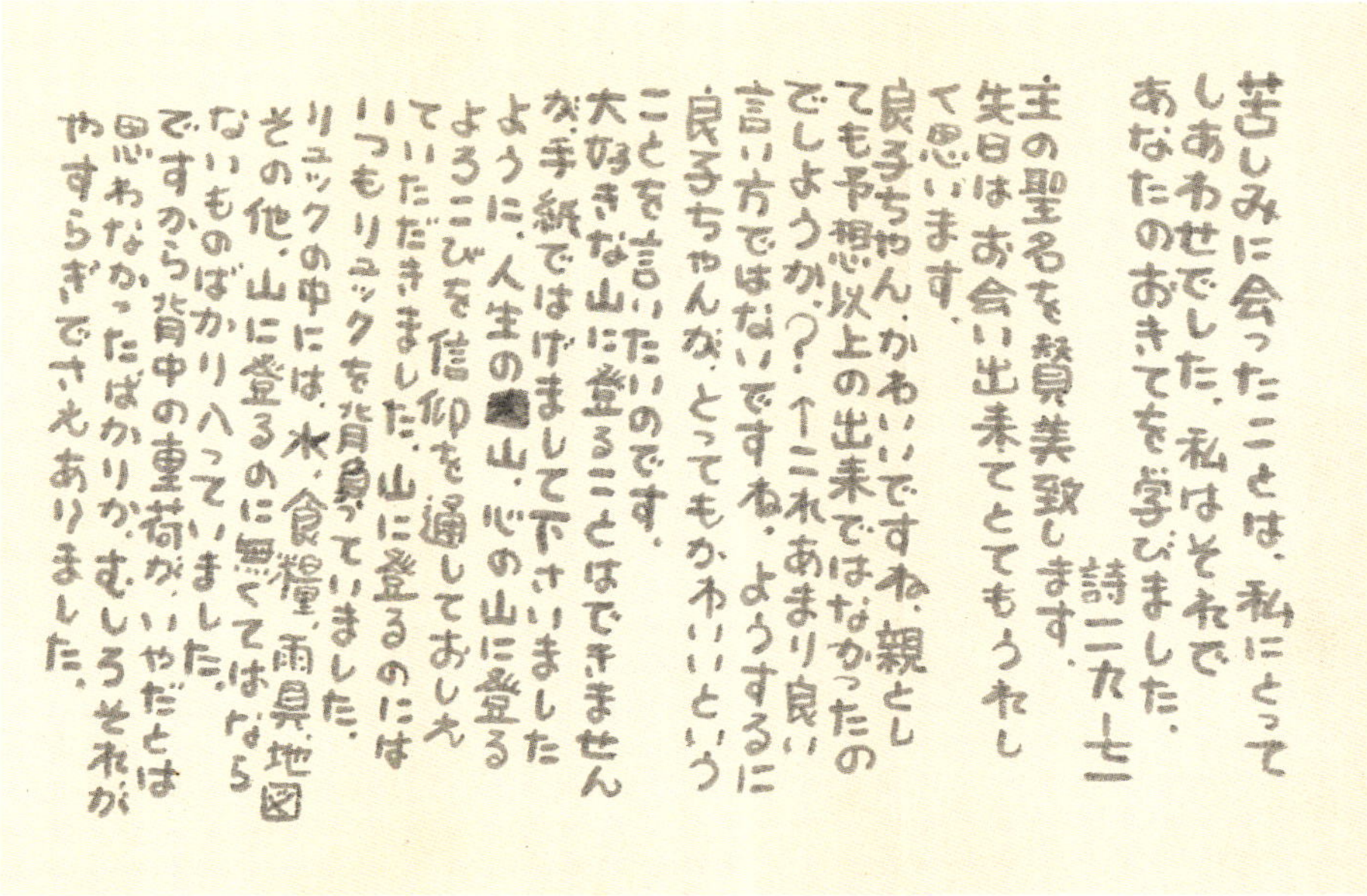

苦しみに会ったことは、私にとって
しあわせでした。私はそれで
あなたのおきてを学びました。
　詩一一九－七一
主の聖名を賛美致します。
先日はお会い出来てとてもうれし
く思います。
良子ちゃん、かわいいですね。親とし
ても予想以上の出来ではなかったの
でしょうか？↑これあまり良い
言い方ではないですね。ようするに
良子ちゃんが、とってもかわいいという
ことを言いたいのです。
大好きな山に登ることはできません
が、手紙ではげまして下さいました
ように、人生の山・心の山に登る
よろこびを信仰を通しておしえ
ていただきました。山に登るのには
いつもリュックを背負っていました。
リュックの中には、水・食糧・雨具・地図
その他、山に登るのに無くてはなら
ないものばかり入っていました。
ですから背中の重荷が、いやだとは
思わなかったばかりか、むしろそれが
やすらぎでさえありました。

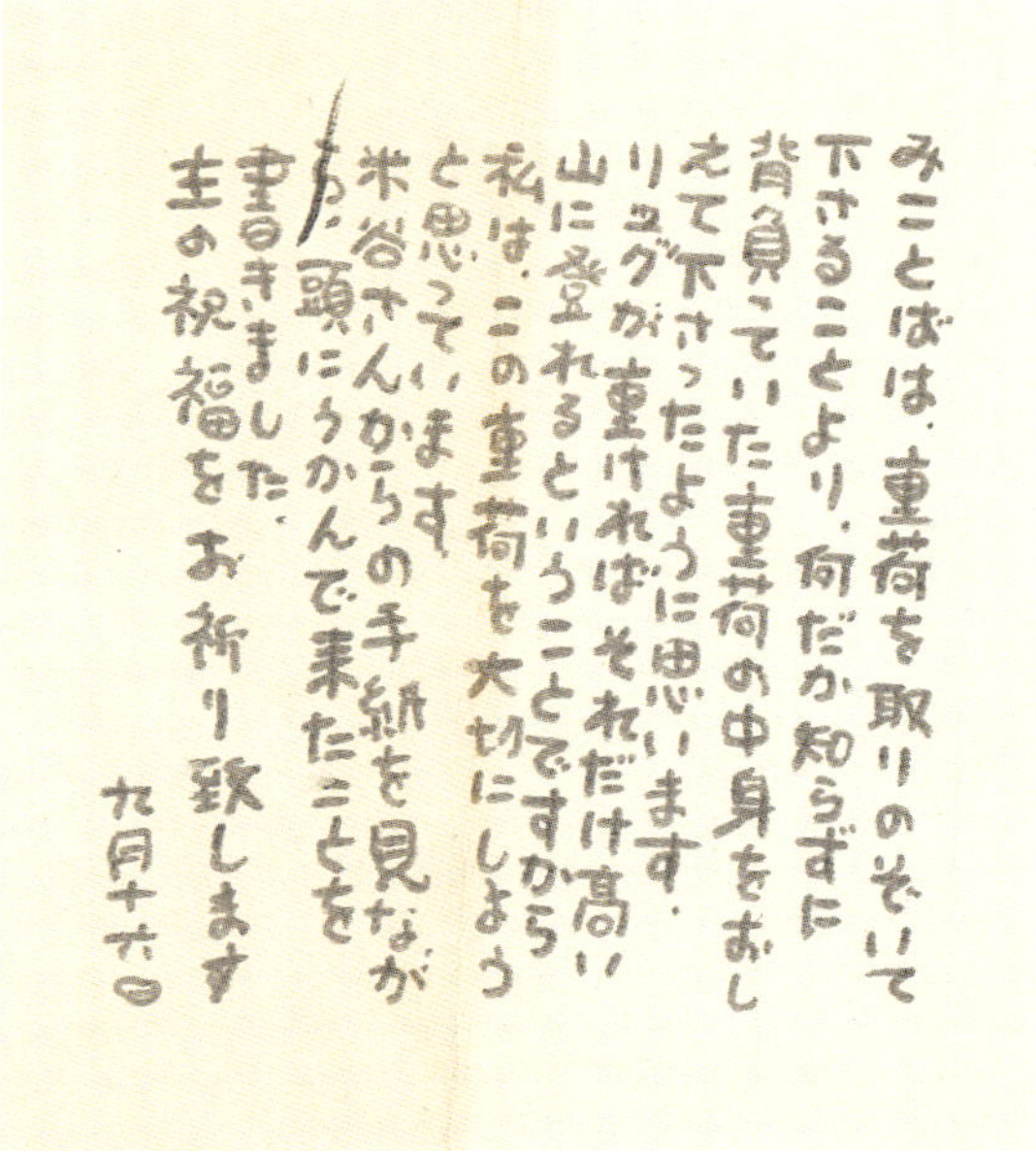

みことばは、重荷を取りのぞいて
下さることより、何だか知らずに
背負っていた重荷の中身をおし
えて下さったように思います。
リュグが重ければそれだけ高い
山に登れるということですから
私は、この重荷を大切にしよう
と思っています。
米谷さんからの手紙を見ながら
頭にうかんで来たことを
書きました。
主の祝福をお祈り致します
　九月十六日

主の聖名を賛美します。
群馬町に近い所で、弥生時代の人間の足跡が
発見され話題になりましたが、足跡って
にくめない形をしていますね。
筆で足の裏に色をぬっている米谷家の
一族を想[redacted]い、一人でニヤニヤしています。
空っ風もいくらか暖かくなったようで、昨日
は久しぶりに庭に出て見ました。
玄関を出たらたまげたことに紅梅が
咲いているじゃあねえですか。春になった
「んですね。
本」[redacted]見たいと思っています。
口で絵をかいている[redacted]人だそうですね。
それだけでとても親近感があります。
切手を同封しました。送るのに使って
下さい。
主の恵み、良き働きをお祈りして
おります。

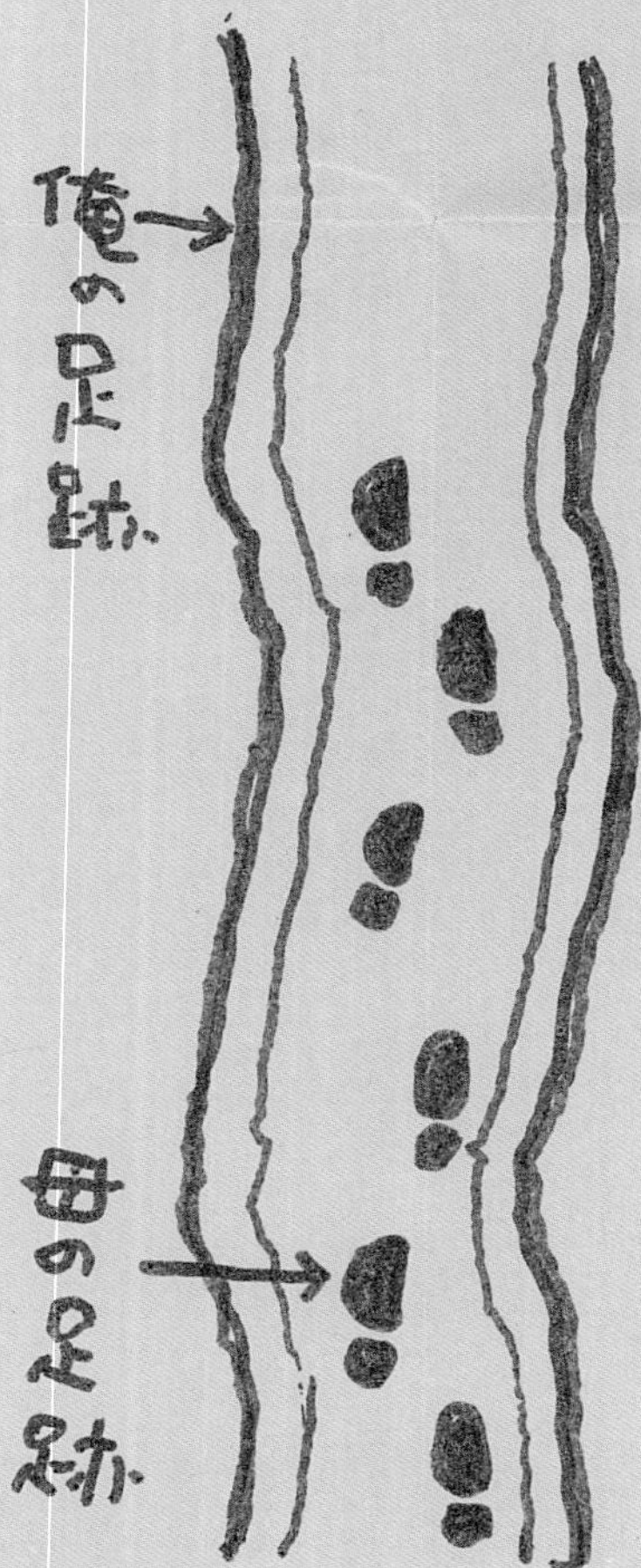

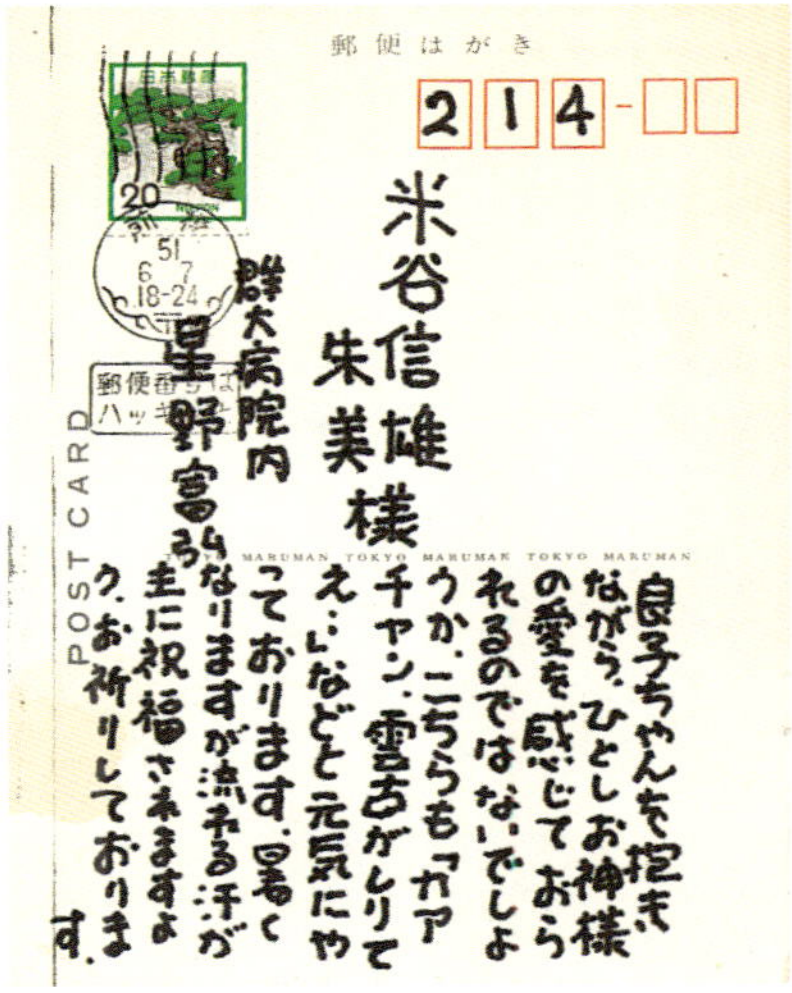
郵便はがき
214-
米谷信雄
朱美様
群大病院内
星野富弘
良子ちゃんを抱きながら、ひとしお神様の愛を感じておられるのではないでしょうか。こちらも「カアチャン、雲古がんばりてえ…」などと元気にやっております。暑くなりますが流れる汗が主に祝福されますよう、お祈りしております。

キリストの
力が私を
おおう
ために
むしろ
大いに喜
んで 私の
弱さを
誇りましょう

米谷牧師への手紙

一九七六年六月

私たちの主、
主よ。
あなたの
御名は
全地にわたり
なんと
力強い
ことでしょう。

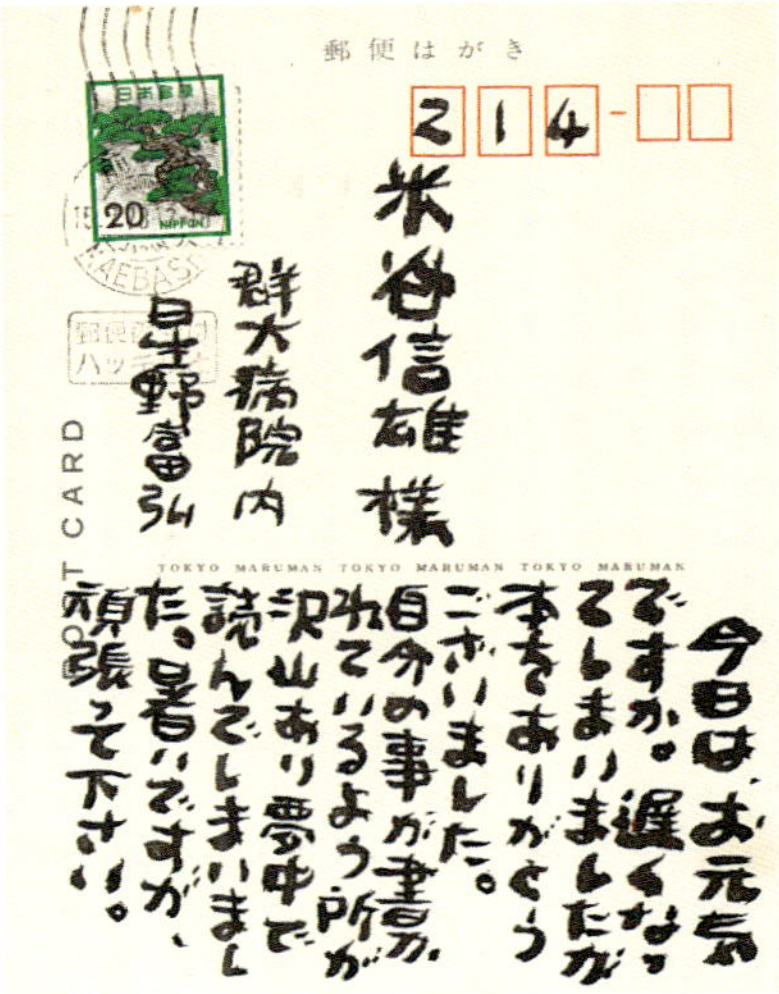
郵便はがき
214-
米谷信雄様
群大病院内
星野富弘
今日は。お元気ですか。遅くなってしまいましたが本をありがとうございました。自分の事が書かれているよう所が沢山あり夢中で読んでしまいました。暑いですが、頑張って下さい。

米谷牧師への手紙

荻原《おぎわら》さんへの手紙

一九七五年

こんにちは 荻原さん。今日は菜の花をおとどけします。この花は今野さんが「これから荻原さんの所へ行くんですよ」と私の窓辺においていってくれた菜の花です。そんなわけでこの花をかいている間中「荻原さんがんばって下さい。早くじょうぶになって下さい」という気持でいっぱいでした。出来上った絵を見たら茎が太すぎて、しかし、じょうぶそうな菜の花になっていました。

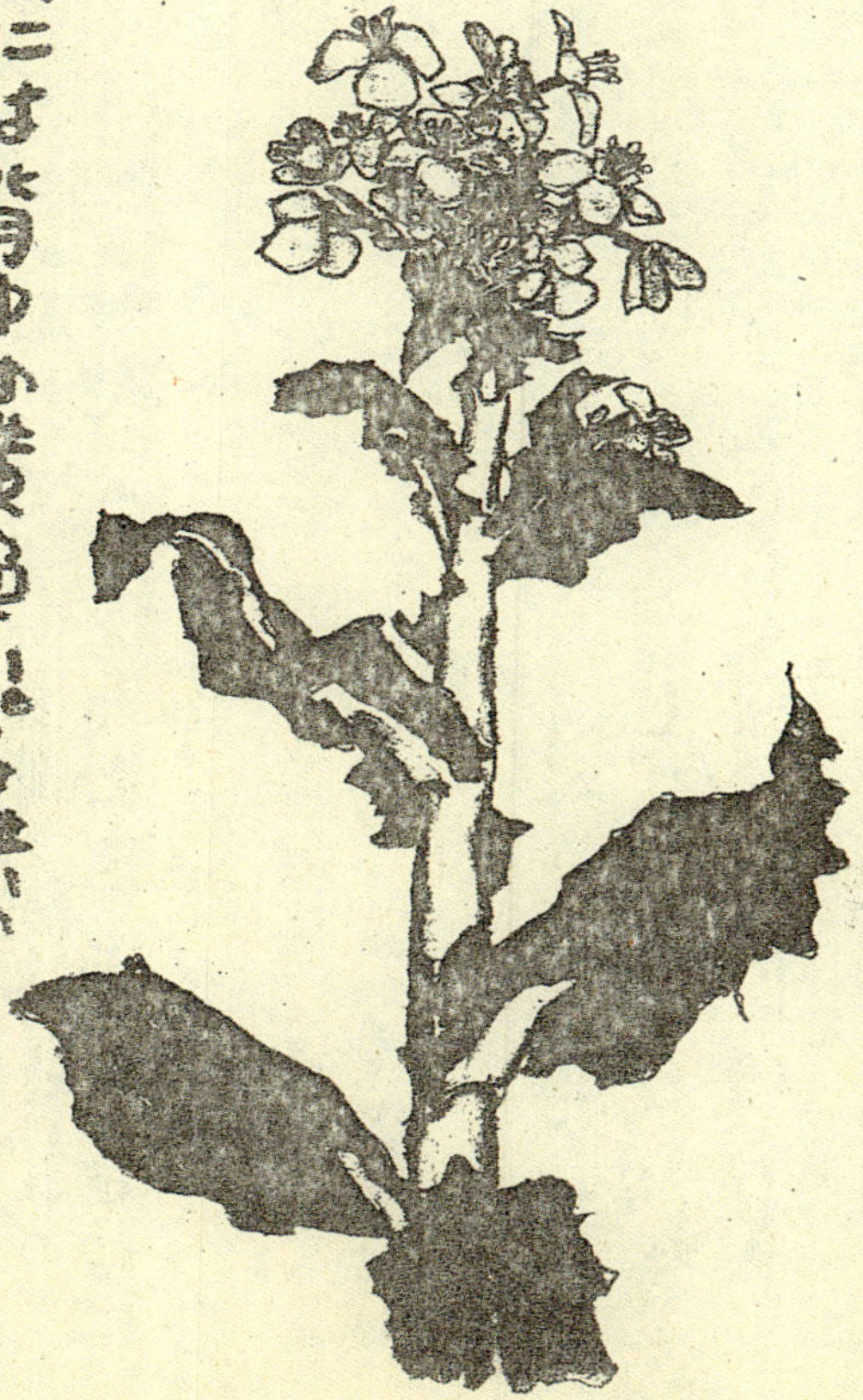

菜の花には背中の黄色い子供の親指くらいのおおきさのハチがあつまりますね 私の手の親指がまだそのハチくらいしかなかった頃の事ですが、菜の花の咲く季節になるとそのハチをつかまえて、もめん糸でしばり、とばしてあそぶのが、いちばんの楽しみでした。そのハチはふだんは刺さないのですが、ある時つかまえたとたん「チクリッ」とやられてしまいました。

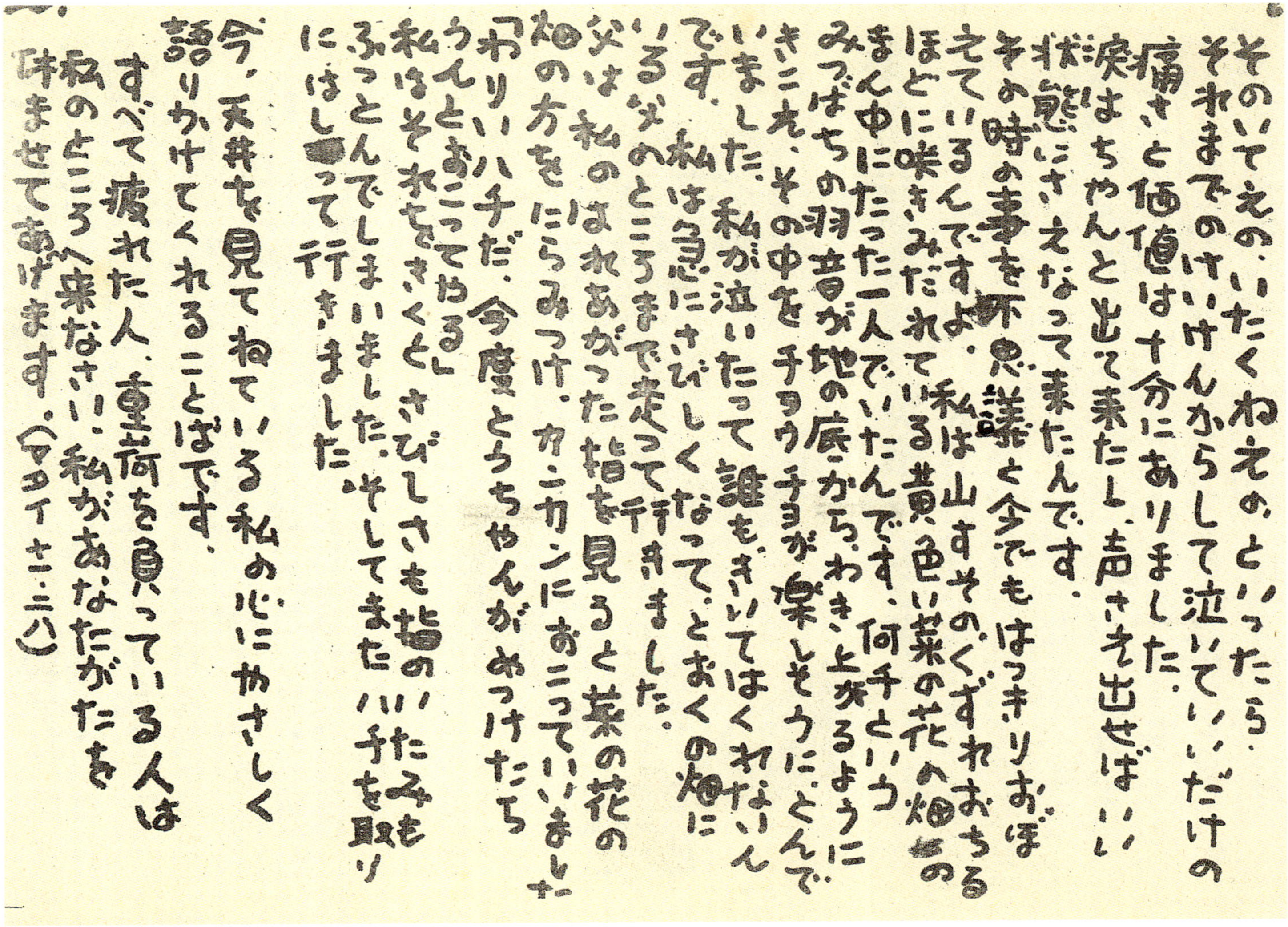
そのいてえの、いたくねえのといったら、
それまでのけいけんからして泣いていいだけの
痛さと価値は十分にありました。
涙はちゃんと出て来たし、声さえ出せばいい
状態にさえなって来たんです。
その時の事を不思議と今でもはっきりおぼ
えているんですよ。私は山すそのくずれおちる
ほどに咲きみだれている黄色い菜の花の畑の
まん中にたった一人でいたんです。何千という
みつばちの羽音が地の底から、わき上がるように
きこえ、その中をチョウチョが楽しそうにとんで
いました。私が泣いたって誰もきいてはくれないん
です。私は急にさびしくなって、とおくの畑に
いる父のところまで走って行きました。
父は私のはれあがった指を見ると菜の花の
畑の方をにらみつけ、カンカンにおこっていました
「わりいハチだ、今度とうちゃんがみつけたら
うんとおこってやる」
私はそれをきくとさびしさも指のいたみも
ふっとんでしまいました。そしてまたハチを取り
にはしって行きました
今、天井を見てねている私の心にやさしく
語りかけてくれることばです。
すべて疲れた人、重荷を負っている人は
私のところへ来なさい！ 私があなたがたを
休ませてあげます。（マタイ十一・二八）

荻原さんは私と同じ病院に入院していた若い女性で、よく一緒に散歩をした。他の病院に転院してから何度も手紙をくれたが、私のこの手紙を受け取った翌年、病気が再発して亡くなられた。

乙女《おとめ》椿《つばき》

「一番好きな花は？」とよく聞かれるが、いつも答えることが出来ない。描くために花をよく見ていると、どんな花でも、色といい形といい大きさといい、それを創《つく》られた創造主の精緻《せいち》な技とセンスの良さに驚かされるばかりだ。横から見たり裏から見たり描きながらも、ますます引き込まれる。だから一枚の絵が出来上がる頃は、描いた花がみんな好きになってしまう。

しかし、今まで描いた絵の中では椿《つばき》が一番多い。花を表に向けると、葉が全部裏返しになったりして、結構面倒な花だが、舌のように厚い花びらや、緑色の光を放つ葉は、何度描いても飽《あ》きないし同じ絵も描けない。花があまりない冬に咲くということや、花期が長いことも魅力だ。

木に登って遊んだ記憶も、椿に筆を向けさせるのだと思う。

乙女椿

小さな黄色い花

初めて展覧会をしたとき、小見《こみ》という偉い画家の先生が見に来て下さった。

展覧会の世話をし、病院にいる私に毎日様子を報告に来てくれた久保田さんの話だと、小見先生はこの絵の前で、随分長いこと立ち止まっていたらしい。

「落款《らっかん》を面白半分にサインペンで書いたので、変に思ったのではないですか」と私がいうと、久保田さんは「そうじゃねぇなぁ、何か感心しているふうだったでぇ」。

そして何と久保田さんは、葉書に描いたこのお粗末な絵を買ってくれ、それを小見先生に差し上げてしまったというのである。

私は顔から火が出て、寝ているふとんに燃え移るのではないかと思うほど恥ずかしかった。その後、小見先生は二度ほど私を訪ねて下さり、絵を続けるようにと、励まして下さった。

久保田さんも小見先生も、今は他界されてお会いすることはできないが、私の心に生きておられる方々である。

ヒマラヤユキノシタ

入院していて、隣のベッドに気の合わない人が来ると、何日も、ときには一年もの間、嫌な気分でいなければならない。ひたすら、その人が一日も早く退院できることを願うのだ。反対に、気心《きごころ》が通じ合って仲良くなった人とは、長く一緒にいたい（病気が治らないで）と思うのだから変なものだ。

その人は、一か月程いたが、ほとんど口をきいたことがなかった。その人も私のことをいやな野郎だと思っていたに違いない。

ヒマラヤユキノシタ

その人の怪我がやっと治り退院する日、私はどんなに喜んであげたかわからない。その日、家族の人が私のところに来て、小さな桃色の鉢を差し出した。その人の妹だということだった。そういえば何度か顔を見せていたようだが、言葉を交《か》わしたことはなかった。鉢には手紙が添《そ》えてあった。

「これは、ヒマラヤユキノシタという花です。冬の一番寒いときに咲きます。少しくらい日陰でも元気に育ちます。長い入院、頑張ってください」

というようなことがきれいな字で書かれてあった。

あれから何年になるだろう。今年も私の家の庭に、桃色の可愛い花が咲き始めた。

思いでの扉

銀杏並木《いちょうなみき》

群馬《ぐんま》大学医学部と、付属病院の間には、銀杏並木があり、秋には、周囲の空気ごと染めてしまうほど黄葉した。薬や治療も大切だが、長い入院生活を送っている者にとって、自然の花や木々がどんなに大きな存在になるか、病院生活をした人なら誰もが知っていることだろう。

この絵には入っていないが、銀杏の木の下には掘っ立て小屋のようなバス停があり、母に車椅子を押してもらって、よくそこへ行った。そこは病院と外の社会との接点みたいなところで、慌《あわただ》しそうな、しかし楽しそうな病院の外のかおりを、バスから降りて来る人たちがまき散らして行くようで好きだった。

勤務を終えた看護婦さんが、しゃれた私服に着替え、忙しそうに帰って行く姿を見送るのも楽しいものだ。

風が吹くと銀杏の葉が金の鳥のように舞い、母が紙袋に、小さな黄色い実を拾い集めたことも、映画の一場面のように思い出される。

母ちゃんの詩

「紙袋みたいに
しわだらけになって飛んで行ってしまいそう」

は、この時生まれた言葉である。

群大病院の銀杏並木

アネモネ

絵の上手な人が、スケッチブックを片手に、大胆《だいたん》にペンを走らせて写生しているのを見たことがある。あんな風にして良い絵が描けたら、どんなに楽しいだろうと思う。

私も真似をして葉書に〝サッサッサッ〟とやってみたが、やはり素人《しろうと》は時間をかけて、しっかりと線を引かなければ駄目なようだ。手紙としても出せず、捨てるのも何となく……で、葉書のスケッチブックに一枚だけ残っていた絵である。

この絵を描いたとき、実習に来ていた看護学生が私に話しかけてきた。

「これ、なんという花ですか?」

「一人っ子、という花ですよ」

「ヘェー、面白い名前ですねぇ」

「外国ではアネモネ、というらしいよ」

「アネモネが何で、一人っ子なんでしょうねぇ」

「姉もねぇ、からですよ」

「ゲエッ!」

アネモネ

聖夜

病室の消灯時間は九時。巡回に来た看護婦さんは部屋の電灯のスイッチの上に指を置いたが、ニコッと笑って消さないで帰って行った。その日、私たち六号室の患者が、クリスマスパーティーの準備をしていたのを知っていたからだ。ほとんどベッドから動けない人ばかりだった。

私には、十二月二十四日は特別な意味をもつ日だったが、飲んだり騒いだりというのは好きでなかった。しかし、誰からともなく「クリスマスをやるべぇ」ということになり、昼間のうちにお菓子などを用意していた。

クリスマスツリーは、私が病室で育てた鉢植えの「花キリン」に、治療用の綿の雪をちりばめ、包帯《ほうたい》や点滴《てんてき》のあき瓶《びん》などをぶらさげて作った。蠟燭《ろうそく》を灯すと、それでも雰囲気が出て来て、カセットテープに合わせ、皆で仰向けのまま「きよしこの夜」を歌った。ジュースをストローで飲んで乾杯をし、ショートケーキを食べ、昼のうち付き添いの人に買ってもらっておいた、小さなプレゼントを抽選《ちゅうせん》で分け合った。

足を切断したばかりのNさん、抗がん剤治療で苦しんでいたIさん、ギプスベッドに寝たままのHさんに足の病気のKさん。皆、人生の最も重く苦しい試練の真っ只中にいた。しかし、Kさんの挨拶に続き、一人一人が、今生きていることや、クリスマスの会が出来たことへの感謝と喜びを、驚くほど真剣に話した。

しばらくすると窓の外から、静かなクリスマスの歌が聞こえてきた。部屋の電気を消すと、いつの間に来ていたのだろう、手に手に蠟燭の灯りを持った沢山の人が、冷たい風の吹く暗い中庭に浮かぶように見えた。

クリスマスがくると、私は今でも、あの病室の夜が瞼《まぶた》に浮かんでくる。あの時、あの病室にはきっとイエスキリストが立っておられた。そして私たちを、やさしい眼差《まなざ》しで見守ってくださっていた。

コリウス

ナイター

夜の食事が終わり、母と裏の渡り廊下で涼んでいると、何度か病院の廊下で顔を見たことのある男の人が来て「花火をやりますから一緒に見ませんか」と声を掛けてくれた。

後について裏庭の見えるところまで行くと、三歳くらいの男の子が待っていた。男の人は薄暗《うすぐら》い裏庭に飛び降り小石で囲《かこ》って花火を立てた。赤い火が見えたとたん地面からオレンジ色の火の粉が飛び出し、続いて青白い光が噴水のように吹き上がった。

私と母は何年ぶりかで見る花火に声を上げた。

「今度はどれだい」男の人が言うと、子供は紙袋から棒についた花火を出した。子供の片腕にはボクシングのグローブのように包帯が巻かれていた。

「毎晩花火を上げないと帰らせてもらえないのですよ」

と父親らしい男の人は言い、マッチをする音がして今度は忍者《にんじゃ》みたいに背を丸めて逃げてきた。花火は赤い尾を引いて夜空に上がり、力が弱まると落下を始め、「あれ?」と思った瞬間火の粉を散らして破裂した。いつの間にか子供の母親らしい人と、丸首シャツの宿直のおじさんが私の横にいた。真夏の太陽が一日中焼き続けた土の上にも、涼しい風が渡り始め、闇《やみ》が霊安室《れいあんしつ》を仄白《ほのじろ》く浮き上がらせ、花火は次々とその中を走った。

私もあの花火のように闇の中を思い切り走りたい。花火のように高く上り爆発したい。大声で叫び、声の限り泣いて、何も残さずに消えてしまいたいと思った。

「もう、検温の時間だよ」

誰かが言ったが、私は病室に戻りたくなかった。戻れば、またいつものように退屈で長い夜が始まる。熱など測って何になるのか。それよりも誰か、この淋しさを量《はか》って、私を赤ん坊のように抱きしめてほしいと思った。

　母の押す車椅子で消灯の迫った病室に帰り、検温に回って来た看護婦さんにはいつものように、「はい、元気です」と笑顔で答えた。

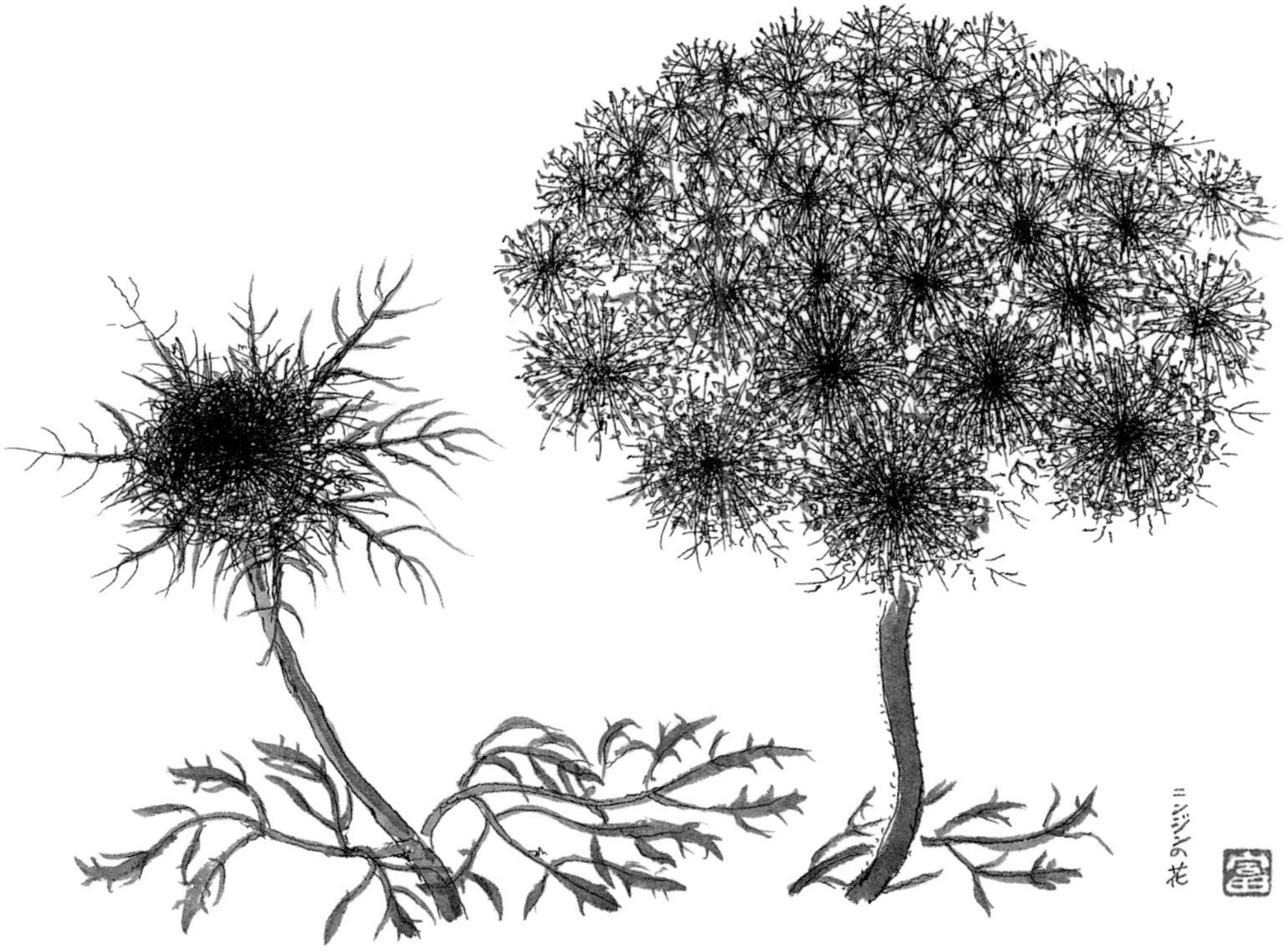

ニンジンの花

　ラジオのイヤホーンを耳に差し込むと、またいつものように騒がしい野球中継。ふと、「みんな淋しいのだ」と思った。球場で叫んでいる人たちもきっと淋しいのだ。一日中ペコペコと頭を下げ、汗を流してクタクタになるまで働いても、誰にも認めてもらえず、そうかと言ってその不満を聞いてくれる人も無く、怒ることも叫ぶことも出来ない人たちなのだ。だから夜の球場に集まり、自分と同じような数万の人たちとともに、声の限り叫び、怒り泣いているのだ。

　私は野球は好きではない。野球中継も聞いたことがなかったが、その夜初めてナイター中継を最後まで聞いた。

熊との遭遇《そうぐう》

ムラちゃんの話はこうだ。

朝五時頃、いつものように自宅前のゲートボール場でジョギングしていました。すると突然、横の唐黍畑《とうきびばたけ》から大きな黒い犬が跳び出して、それが、側まで来ると熊になったのです。最初から熊だったのを、見違えたのですよ。家の前に熊が出るなんてねぇ。死に物狂いで逃げましたが、熊はえらい勢いで追って来ましてねぇ。恐怖で足が思うように動かず、転んでしまいまして、あの時は、もう駄目だと思いました。でもなぜか熊は腹ばいになってもがいている私の尻を踏んづけて、山の方に行ってしまいました。この世に生まれて七十年、あんな恐ろしい目に遭ったことはなかったですよ。

熊の話はこうだ。

朝早く人里に下り、畑で唐黍《とうきび》をご馳走になっていたら、いきなり岩みたいなのが、唸《うな》り声を上げて近づいて来ました（あれが自動車というものですか）。たまげて走り出したら、眼の前におばさんがいて、私の行く方に逃げ出したのです。熊には逃げるものを追うという変な癖《くせ》がありましてねぇ、おばさんを踏んづけて爪を引っ掛けてしまいました。あの後、鉄砲持った人に散々追いかけられまして、毛皮にされ、ここにぶら下がっているという訳なんです。

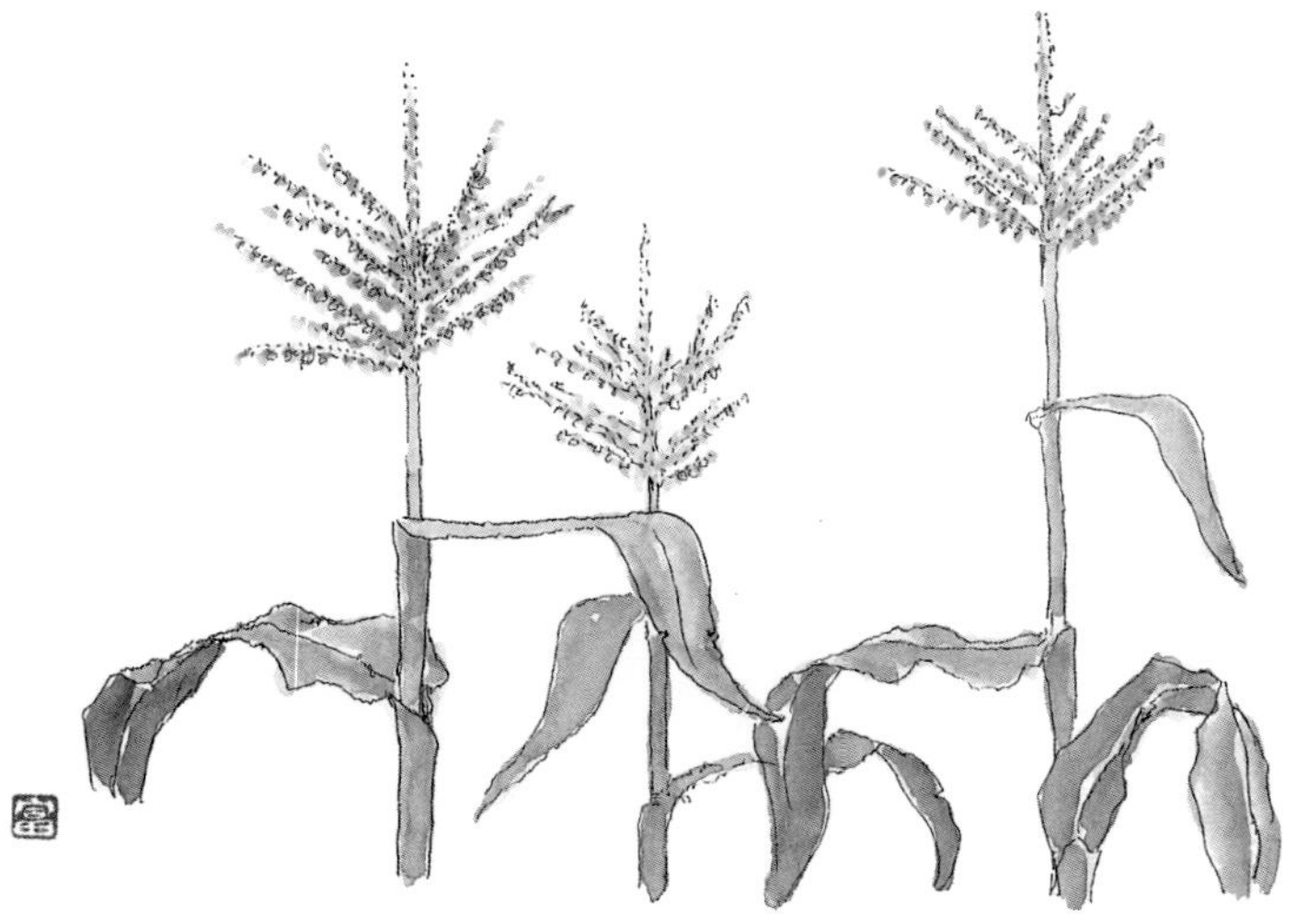

トウキビ

私の家族

展覧会をやったことがきっかけとなって、それを主催してくださった、群馬県心身障害者センター所長の久保田さんと親しくなった。

展覧会も終わり、入院生活も九年をすぎた夏の暑い午後のことだった。病室の私に会いにきてくださった久保田さんに、その日私は思いきって、長い間悩んでいたことを相談してみた。それは、今後私が自分の身体をどういう所にまかせたら、付き添ってくれる母や、家族や、もちろん私にとっても一番よいかという相談だった。他人に決めてもらうような問題ではないのだが、私も母も、いくら考えてみてもわからなかった。

私の入院していた大学病院の整形外科では、長い人で十か月も入院すれば退院していった。それを私は、もう九年も入院しているのである。医師も看護婦さんも、そのことをどうこう私にはいわなかった。頸髄損傷《けいずいそんしょう》で首から下がまったく動かない私を、自分たちの目の届かない所に送り出しても、いろいろな施設や病院の実態を知っている人たちだけに、私とはまた違った苦しみがあったのにちがいない。どこにいこうと、私の四肢は麻痺《まひ》したままだし、食事はもちろん、排尿《はいにょう》、排便《はいべん》も人の手を借りなければならないのは同じである。しかしそうかといって、たいした治療があるわけでもなく、首から下が動かない私のことである、リハビリといっても、車椅子に乗せてもらって、唯一動かせる首で電動車椅子を操作するだけなのである。

久保田さんの答えは、実にあっさりしたものだった。

「星野さん、病院から出ても身体が大丈夫で、世話をしてくれる家族がいるんなら家に帰るべきですよ。どんなにいい設備があっても施設はしょせん施設です。肉親の手よりも暖かいものはありません」

久保田さんの答えに、私も母も少々とまどってしまった。実は久保田さんにそのことを相談した胸のすみには、長年（たしか二十年といっていた）福祉の仕事に従事してきたこの人なら、どこかよい施設を紹介してくれるのではないか、という期待もあったからである。しかし、施設の所長をしている久保田さんが、なんと施設ではなく家へ帰れというのである。久保田さんの話はさらに続いた。

「たとえ施設に入ったとしても、施設だってそこで一生を送る所ではありません……」

施設は、一生を送る所ではない――。久保田さんの言葉に私は背すじを「ビシッ」と伸ばされたような気持ちだった。

「そうだった、私には手足となってくれる家族がいたんだ」

その日私は、九年間の入院生活にわかれをつげる決心をした。

私の生まれた村は、むかし養蚕《ようさん》が盛んだった。明治時代に建てられたという家は、大きな二階家だが、人間よりも蚕《かいこ》を優先に造ったような家だった。一階の天井板が二階の床板であり、戸障子《としょうじ》を取り払うと、東西に土壁があるだけで、あとは柱しか残らず、蚕を養う夏は風通しがよく大変涼しいが、冬もこの上なく涼しい生活をしなければならなかった。

その家で、私は七人兄弟の上から五番目として生まれた。家の造りも蚕優先だったが、私たち子供よりも蚕のほうが大切にされているのではないかと、ときどき思いながら育った。蚕が始まると、部屋は次々と蚕に占領され、「ザアー」と音をたててすごい勢いで桑《くわ》を食う蚕の横で、私たちはコソコソと朝食を食べて学校へ出かけた。忙しくなると、子供たちはガキと呼ばれ、蚕は御蚕様《おこさま》と呼ばれた。

そんな中で私は、家族の多いことがうらめしかった。

近所に葬式ができた時なども、家族が多いことは私にとって切実な問題だった。父がもらってくる葬式饅頭《そうしきまんじゅう》は、たいてい十個入っていた。それを家族九人で分けて食べるのである。兄弟は絶対に少ないほうがよいと思った。

葬式饅頭の話になってしまったが、要するに私が家へ帰って生活するためには、そういった立て付けの悪い蚕優先の家では無理なのである。

頚髄損傷というのは、首から下が動かないというだけではなく、体温調節や内蔵の機能もいちじるしく低下してしまう。今の私にはどちらかといえば、そちらの調節のほうが大変なくらいだ。夏は発汗機能が麻痺《まひ》しているから汗が出ず、したがって、体温が上がりっぱなしになってしまう。冬は反対に体温が下がってしまう。変温動物なのである。

そこで、外気の温度変化に耐えられるように、私の住む所を工夫しなければならなかった。私の体が順調ならば、世話してくれる家族全員が助かるということでもあり、家の改築には多少のお金はかかるが、慎重にやろうと思った。

父はむかしからの広い土間がつぶれてしまうのを惜しんだが、そこを戸外へ出られない冬でも車椅子で動けるように板張りにし、さらに庭のほうに張り出して、断熱材と二重サッシでくるんだ日当たりのよい私の部屋を造ることにした。

人間というのは不思議な動物だとつくづく思った。病院からはなれるのがあれほど不安だったのが、いざ家へ帰る決心がついたとなると、もう早く帰りたくて仕方がないのである。出所間近の囚人《しゅうじん》が脱走するという気持ちが、とてもよくわかった。九年間もいたくせに、一日だって一時間だって早く家へ帰りたくなってしまった。家の改築は二か月ほどかかったが、私はそれが終わらないうちに退院してしまった。

家の前の畑で、母が四つんばいになってトウモロコシの草をむしっている。早いもので退院してから、もう二度目の夏を迎えた。村は盛り上がる緑に深くしずみ、どこかで、ねむそうに草刈機の音がしている。

十一年前、体育の教員になったばかりの私が〝怪我をした〟と告げる電話のベルが鳴ったのも、こんな日の夕方だったのだろうか。最終気動車に乗って病院にかけつけた母の足には、まだ田んぼの泥がこびりついていたという。四肢の完全麻痺、生命も一週間が山だと、怪我の重さを知らされた母は、脳貧血《のうひんけつ》をおこしてすわりこんでしまったという。

私はさっき、多すぎる家族をうらめしく思ったといったが、その日から一転《いってん》して姉弟の多さを、感謝せずにいられなくなってしまった。姉たちはそれぞれ遠くに嫁《とつ》いでいたが、全員がかけつけ、交代で夜も眠らずに看病をつづけてくれた。

母は、もっぱら姉の子供たちの世話だったが、一か月ほどして人工呼吸器がとれて、私がなんとか助かる見込みがつき、病状が安定しはじめた頃から、看病は母にバトンタッチされた。そしていつのまにか器械などいじったことのなかった母も、気管切開をしてある私の喉《のど》の穴へゴム管をさし込み、しょっちゅうつまる痰《たん》を吸引する技術まで、どの看護婦さんよりもうまくなってしまった。

母は、昼も夜も私のそばから離れられなかった。文字通り私の手足となって食事を食べさせ、歩けない私の足となって、ストレッチャーや車椅子を押しつづけた。

現在私は、父母と、弟夫婦と一緒に生活している。重度障害者でも一般の家庭で生活できるようになるのは理想だが、それにはめぐまれた環境と経済的余裕と、家族の相当な理解がなければならない。しかし常々私は感じるのだが、私たち家族が「大変だ」と思っていることと、まわりの人たちが「大変だろう」と思っているところが少し違うのである。私たちが、大変に思うのは家の中よりもむしろ戸外のことの方が多い。動けない私が家の中にいることは、家族にとっては特別なことではなく、もうすでに普通のことなのである。

しかし私の家を訪れる人の中には、「悲惨な生活をしている家なんだ……」というような先入観をもっている人があんがい多い。母などは、悲劇のヒロインのように扱われてしまうことさえある。私が怪我をした当座はたしかにそうだった。だが、失われたところはいつまでも穴があきっぱなしではないのである。

穴を覆《おお》うために、人は知らず知らず失ったもの以上にたくさんのものを、そこにうめあわせる技を、神様から授かっている。

「まことにお気の毒です」「かわいそうですねえ」などといわれると、私たち家族は、返す言葉もないほどめんくらってしまうのである。

　作家の水上勉《みずかみつとむ》さんの奥様が、障害を持つご自分の娘さんをさしておっしゃられた言葉を思い出さずにはいられない。

「あの子は、もう、障害を背負ってなんかいませんよ。抱いて歩いてます」

　この言葉は、そっくり私の家族にもあてはまるような気がする。私の家族も、私を、悲痛な顔をして背負ってなんかいない。不自由と不幸は、結びつきやすい性質を持ってはいるが、まったく別なものである。

　この原稿は口述筆記《こうじゅつひっき》である。横で鉛筆を走らせている、新婚ホヤホヤの私の妻も、数年前に病室を訪れた時から、私を一人の人間として見つづけてくれた者の一人である。

　鉛筆の手を休めて、時々、窓の外を見る。あいかわらず母が草をむしっている。母の手もとに、大きな桐の葉がゆっくりと落ちてゆく。

（一九八一年）

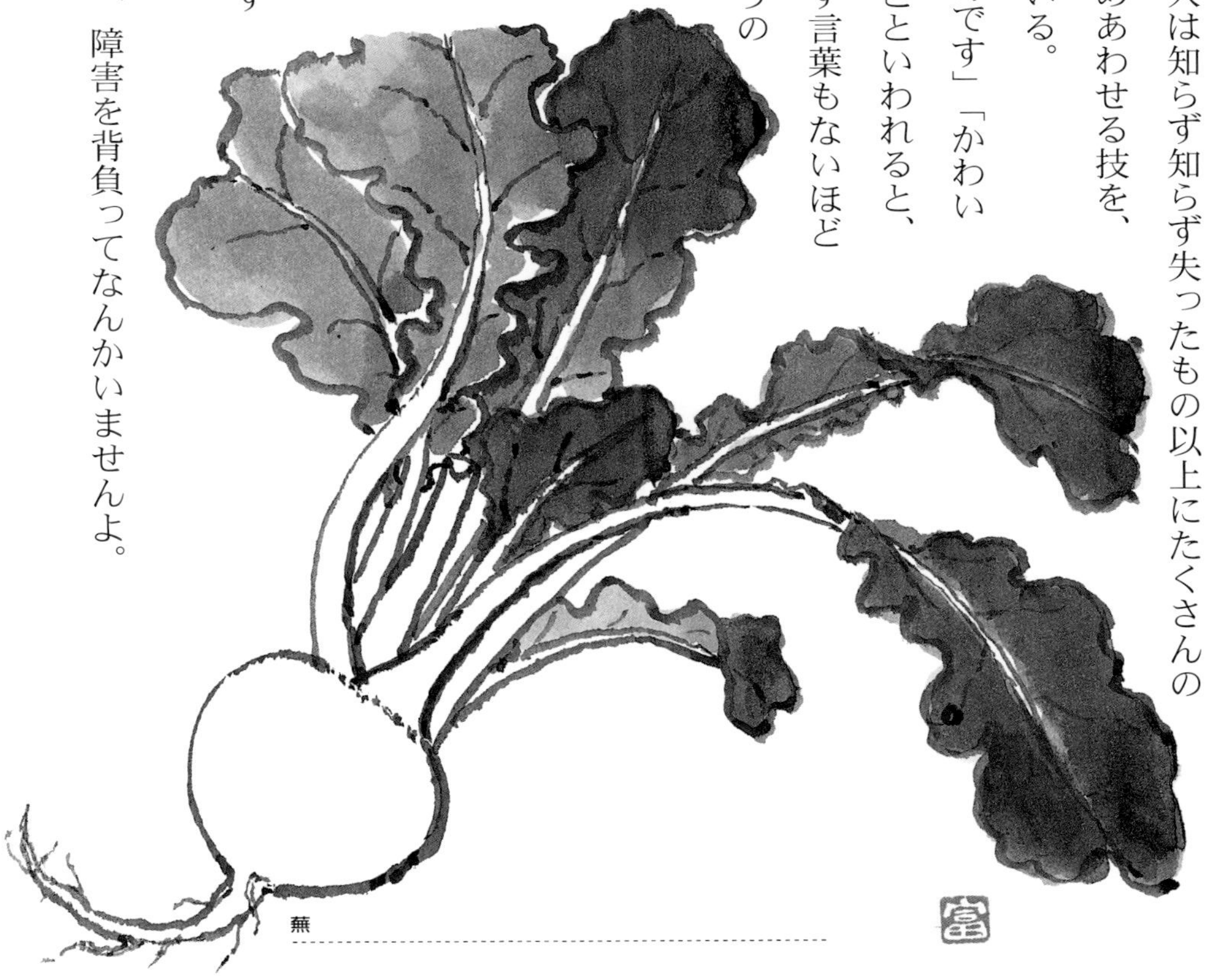

足尾線《あしおせん》

東村は、人口四千六百人程の小さな村ですが、国鉄の駅が四つもあります。十二年前には五つあったのですが、ダムが出来たために草木《くさぎ》駅というのが水没してしまったのです。水没してしまった——なんていうと、駅員さんや、汽車を待っていた人も、一緒に沈んでしまったのではないかと心配される素直な方もおられると思いますので、つけ加えますが、そのようなことはなかったようです。

ダムに水が貯《た》まるのは、一年以上もかかってゆっくりと貯まるので、かなりのろまなモグラでも避難出来たと思います。かたつむりや、塩をかけられたナメクジなんかもきっと大丈夫だったでしょう。ただひとつ気の毒だったのは、池にとり残された魚でした。地面をはって逃げるわけにもいかず、無残《むざん》にも、池もろとも水没してしまったのでございます。

足尾線は群馬県桐生《きりゅう》市と、栃木県足尾町を結ぶ、長さ四十キロメートルあまりの小さな鉄道です。いくつものトンネルと、窓にしぶきがかかるような滝のそばを、渡良瀬川にピッタリとくっついて走っています。

蒸気機関車が走っていた頃は、のろいので有名だったようです。私も覚えているのですが、神土《ごうど》(当時)駅あたりからは、機関車が二つか三つで、それはまあ、地球をひっぱるような、うめき声をあげて貨車を引いていました。飛び降りてションベンをして後《うしろ》から乗れた。窓から釣が出来た。走っている車輪に犬が片足を持ち上げた。蝉《せみ》が止まった。など数々の話も残っています。今は気動車になって大分速くなりました。

私も三年間、桐生の高校へ通うために、往復二時間、毎日この汽車のお世話になりました。朝、乗りおくれそうになって、駅の上の道から、大声を出して待っていてもらったことも、二度や三度ではありませんでした。

ところでその足尾線が、廃線《はいせん》の予定なのだそうです。大正三年の開通以来、ずーっと走り続けてきたのに、国が豊かになった今になって、赤字だから廃止というのは、どうもわからないのですが、エライ方が、いろいろ難しい計算をやった上でのことなんでしょう。廃止するといっても、現に通勤や通学、それに病院、役場、郵便局へ行くのにも、足尾線がなくてはどうしようもないのですが、それにはちゃんと、バスを走らせるということです。国鉄が赤字なのに、バスが赤字にならない理由はどこにもありませんから、バスだってしばらくすれば本数を減らされて、結局は廃止になってしまうのではないかと心配です。公共の物を、損か得だけの考えで運営していくと、これからの日本はローカル線だけの問題ではなく、大変なことになってしまうのではないでしょうか。山菜《さんさい》とりのおばさんたちが大きなかごを、「どっこいしょ」とおろして、世間話に花をさかせている、そんな余裕を乗せた汽車は、もう日本の中を走ることは許されないのでしょうか。

今も日本のあちこちを、すしづめの電車が走っていることでしょう。防音壁の間を時速二百キロで突っ走っている新幹線もあるでしょう。だからこそ余計、窓からトンボが飛び込んでくるような、のんびりとした汽車にも、いつまでも走ってほしいのです。

ふらっと、足尾線に乗ってみませんか。だれも乗らない、だれも降りない、そんな駅でも一つ一つていねいに止まるローカル線の旅もいいものです。そのような旅が出来るのも、あとわずかかもしれませんね。

この文章は一九八一年、雑誌に書いたものである。足尾線は一九八九年（平成元年）に廃止され、現在は沿線市町村運営の、第三セクター「わたらせ渓谷鐵道」となった。バスのように小さくモダンな客車と、車窓に映る、わたらせ渓谷の美しさに人気があり、富弘美術館にも沢山のお客さんを運んでいる。

走ったあとに赤い線が残るのが気がかりだ。

二〇〇四年十月の東村の人口は三二二九人。

あなたの素朴な心の詩に支えられて……八木重吉《やぎじゅうきち》への手紙

拝啓　八木重吉様

天国におられるあなたに手紙を出すのは変でしょうか。しかし、私はあなたがどこにおられましょうと、どうしてもお礼を申し上げなければなりません。天国の住所も郵便番号も知りませんが、神さまはどんなことでもできるお方ですから、あなたのもとに届くと思って書きます。

なれなれしく書いておりますが、私は、あなたを尊敬しています。本当は先生とお呼びしたいのですが、今日は親しみを込めて「あなた」とお呼びさせていただきます。

私が初めてあなたの詩に出会ったのは、高校三年生の時でした。国語の教科書にあなたの詩が載《の》っておりました。平仮名の多い短い詩でしたから、親しみを感じ、八木重吉というお名前を覚えました。

私の通っていた高校というのは猛烈な進学校で、私は後ろの方に引っ掛かるように入ったものですから、成績といったらひどいものでした。ああいう学校のビリというのは悲惨なものでして、私はクラブ活動以外、楽しい思い出はあまりありません。授業がわからない、つまらない、つまらないからますますわからない、ついでに先生も気に入らないという悪循環《あくじゅんかん》の繰り返しでした。

そんな中で、あなたの短くてやさしい言葉に、劣等感《れっとうかん》ばかりの私の心が救われるような一瞬を味わったのかもしれません。

言葉の深い意味がわからない者にも、あなたの詩は視覚的に人に安らぎを与えてくださるものをもっています。このことは、後の私の詩作に大きな影響を残すことになりました。

素朴な琴

この明るさの中へ
ひとつの素朴な琴をおけば
秋の美くしさに耐えかねて
琴はしずかに鳴りいだすだろう

次にあなたの詩に出会ったのは大学生になってからでした。保健体育科というところは、好きなスポーツばかりやっていれば良いのかと思って入学しましたが、一般の授業も受けなければなりませんでした。その中に「文学」というのがありまして、そこであなたの「素朴な琴」など数編の詩に出会いました。

「八木重吉の作品は、詩であるのかどうかという疑問を持つ人もいますが、私はこの人の書いたものは好きです」

ほとんど居眠《いねむ》りをしながらの授業でしたが、教授の言った言葉を不思議と覚えています。

それから二、三年後でしょうか。友人の下宿に遊びに行った時のことです。友人というのは同じ体育科で器械体操をやっていた男ですが、彼は器械体操のかたわら書道もやっていました。

体育系の学生というと、単純で大ざっぱで乱暴者、というイメージをもたれるかもしれませんが、繊細《せんさい》な人間が意外と多くいます。そうでないと微妙な技術を習得することができないのだと思います。私の周囲にも、絵の上手な者、文字の達者な者など沢山いました。彼もその一人でした。

酒を飲むと泣く癖《くせ》のある彼が、その日も酒を飲みながら、涙声で言いました。

「ホシノォ……おめぇ、この詩を知ってるかぁ……」

と何かに書き写した短い詩を私に見せてくれました。

ああちゃん！
むやみと
はらっぱをあるきながら
ああちゃん　と
よんでみた
こいびとの名でもない
ははの名でもない
だれのでもない

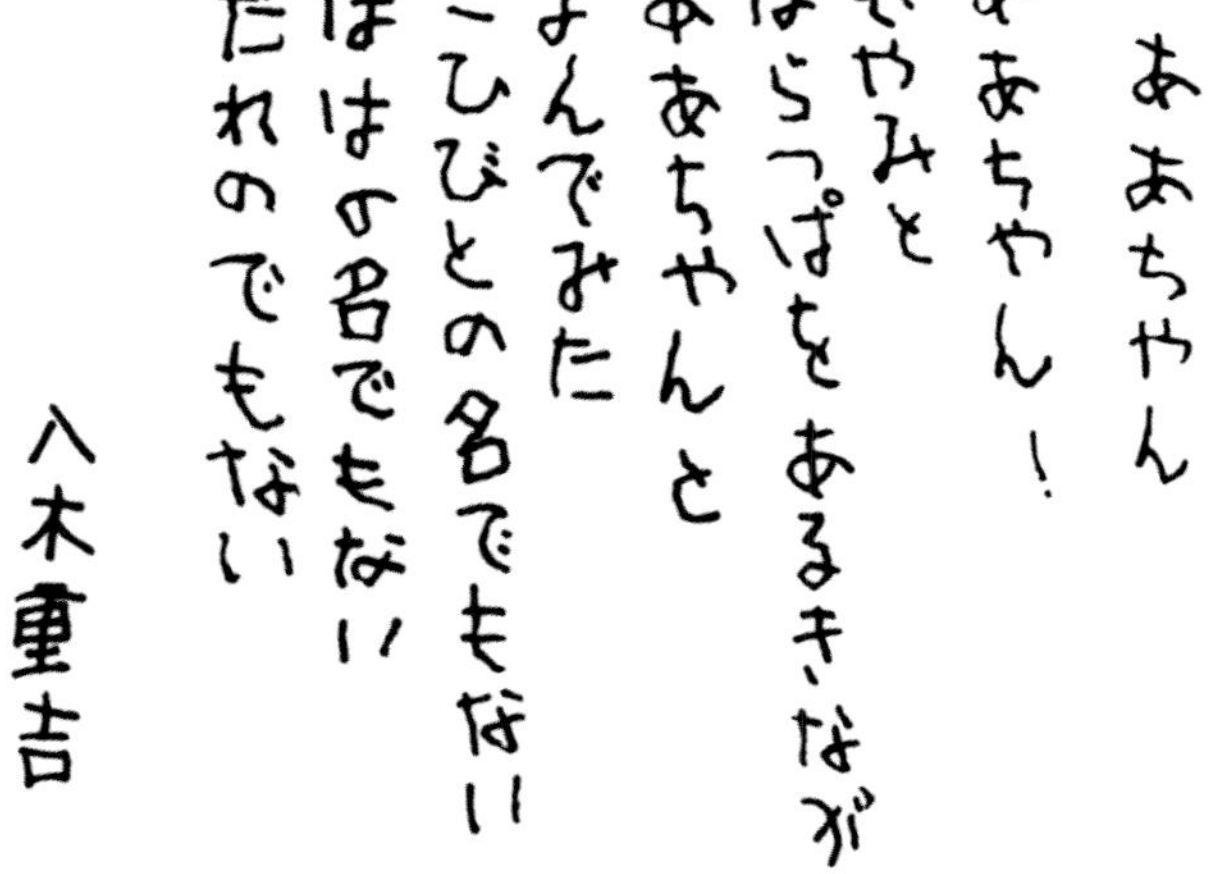
ああちゃん
ああちゃん！
むやみと
はらっぱをあるきながら
ああちゃんと
よんでみた
こひびとの名でもない
ははの名でもない
だれのでもない
八木重吉

それがあなたの詩との三度目の出会いでした。友人は字の下手な私に、「お前の書く文字は近代詩文によいから、やってみたらどうか」と奨《すす》めてくれたりもしました。

さて、私は大学を卒業するとすぐに、大きな怪我をしてしまいました。自分の力では呼吸もできないほどの重症で、人工呼吸器の助けを借りながらやっと息をしておりました。そんな状態でしたがその時、以前友人が見せてくれた、あの「ああちゃん」の詩をもう一度読みたいと切《せつ》に思いました。

神を信じない者が、人間の力ではどうにもならない窮地《きゅうち》に陥《おちい》った時、誰の名を呼んで助けを求めたらよいのでしょう。「ああちゃん」の詩に、その答えが隠されているような気がしました。あの詩を書いた人も、きっと大きな苦しみを経た人に違いないと思いました。

そして、本など買ったことのない私でしたが、友人に頼んで、『定本　八木重吉詩集』を手にしたのです。手にしたというのは正確ではありません。その時私の手は、握ることもページをめくることもできなくなっていたのですから。それから母と姉にページをめくってもらい、あのやさしい詩を読む毎日が続きました。

もじゃもじゃの犬が、娘の桃子ちゃんのうんこを食べてしまったという詩。一本の茎に身をかくしたバッタの詩。いま鳴いておかなければ、もう駄目だというふうに鳴いている虫の詩……。読みながら自分がどんどん素直になっていくのを感じました。

苦しい毎日だけれど、生きているって案外よいものだと思いました。人間も弱く淋しい生き物だけれど、でも、どんなに弱くても醜《みにく》くても、生きていればよいのだと思いました。生きなければいけないのだと知りました。

そうそう、あの頃、私は治療のためにバリカンで坊主頭にされてしまいました。ビートルズのような長髪全盛の時代でしたが、本に載《の》っていたあなたの写真を見て、あなたに少し近付けたような気がして、むしろ嬉しかったのを覚えています。

今、私はあなたの詩集をいつも側に置いています。そして高校時代、私に安らぎをくださったあなたの詩のように、誰にでもわかる言葉を使って詩を書こうと思っています。

詩が書けない時は、あなたの詩集を読みます。すると不思議と言葉が生まれてきます。最初のページをめくっただけで、詩ができたこともありますし、数ページ読んでいるうちにできたこともあります。あなたの詩を真似るわけではないのですが、あなたのやさしい言葉が、固くなっている私の心をほぐしてくださるのに違いありません。器械体操をやっていた時の、試合前の柔軟運動みたいです。

ほそい松

松ばやしの
ほそいまつは
かぜがふくと
たがいちがいにゆれる

○

あかつちの
くずれた土手をみれば
たくさんに
木のねっこがさがってた
いきをのんでとおった

詩集にはこの二つの詩が何気《なにげ》なく続いて載《の》っていますが、そんな平凡な光景も、あなたにはどんなに美しく、いとおしく見えたことでしょう。

先ほども申しましたが、私も死と枕を並べて寝ていた時期がありました。あの時、病室から見えた青空、木の枝、廊下を歩く靴音、夜汽車の線路のきしみ、窓から射し込んだ月の光……。それらがたまらなく懐かしく、すぐ側にあるのに懐かしく思われてしかたありませんでした。

あなたの詩を読むと、あの頃痛いほど感じた、生きていることへのいとおしさが蘇《よみがえ》ってきます。そして、こうして生かされていることを感謝せずにはいられません。生かされていることは、たとえようもない不思議な重みです。

文学とか芸術とか難しいことはわかりません。しかし、あなたの詩は、生きる勇気と喜びと安らぎをくださいました。あなたの詩は私にとって「詩以上の詩」です。

　あなたが天国へ旅立たれたのは二十九歳。私はあなたより、もう随分長く生きています。長く生きるその分だけ、どこかが汚れていくようにも思いますが、あなたの残してくださった素朴な心の詩は、私の内で静かに燃え続け、これからも私を支えてくださることでしょう。

　神さまのみもとで、あなたにお会いできますよう生きたいと思います。

星野富弘
（一九九二年）

首の怪我をして一週間後、体力がしだいになくなり、呼吸も困難になってしまった。

やむをえず、気管切開の手術をして、人工呼吸器をとりつけた。人工呼吸器を担当してくださったのは、麻酔《ますい》科《か》のY先生だった。私の息の根は、電気で動く機械と、それをボタンで操作するY先生の手の中にあったと言ってもよい。

退院して何年か過ぎたある日、私の本を読んでくださったY先生から手紙をいただいた。

「……読み終えるまでに、幾度も文字がにじんできて困りました。当時私は、自分のしたことがまちがっていたのではないかと迷いましたが、今、星野さんの本を読んで、それが私の杞憂《きゆう》であったことを知りました。身体の不自由な人ばかりでなく、世の中のすべての人たちに、生きる喜びと希望を与えてくださったことを心より感謝し、私の誇りとしたいと思います……」

あの時、人工呼吸器の助けがなかったら、私は今、こうして生きてはいられなかったと思う。

しかし当時、私には考える余裕さえなかったが、人工呼吸器の調整をしながら、私のために悩んでくださった人たちがいたことを知り、手紙を前に目頭《めがしら》が熱くなってしまった。

退院の少し前に病院の廊下で、整形外科の先生からも同じような話を聞いたことがあった。――一生涯動けないであろうこの人の命を、今、人工呼吸器を使って助けたところで、この人と家族の行く手に待っている長い長い苦しみまで救ってあげることができるだろうか。一生人工呼吸器を使わなければならないかもしれないのだ。人工呼吸器を使うことがこの人にとって、しあわせなことになるのか――。医者としてではなく、一人の人間としての悩みだったという。

果たして、やっと命を取り止めた私は、その後「このまま目覚めないでくれたら……」と思いながら眠りについたことが何度もあった。しかし、あれから十数年後の今、私はけっこうしあわせだと思いながら、毎日を送っている。人工呼吸器をつけたために声が出なくなり、アイウエオの表を使って「イタイ」とか「ハラガヘッタ」とかやったことを、懐かしく思い出したりしている。


Y先生からの手紙のことを考えていたら、私もY先生と似たようなことで悩んだ日があったのを思い出した。

岩登りに熱中していた、高校三年生の五月のことだった。山仲間と谷川岳《たにがわだけ》の岩場を登り、下山道に選んだ西黒尾根《にしくろおね》を下り始めた時である。降っていた雨が止んだこともあって、私たちはマチガ沢に切れ落ちている雪渓の上で、一休みすることにした。その時、同級生の大山が何を勘違いしたのか、背負っていたリュックサックを無造作《むぞうさ》に雪の上に放り出したのである。春山の氷のように固まった、しかも急斜面の残雪である。リュックサックはツツーと横滑りをして、たちまち霧に包まれた谷底へ消えていってしまった。私も、当の大山も、声をあげる間もないほど一瞬のことだった。

登山で道具を失うことは、命を失うことにもつながる。リュックサックなどを雪の斜面に置く時は、ピッケルを突き立てて、それに背負い紐《ひも》を通すとか、斜面に穴を掘って置くとか、必ず安全な方法をとらなければならない。下山ということで気がゆるんだのか、その時の彼の行為には、納得できないものがあった。リュックサックの中には、最も大切にしなければならないザイル、ハンマー、ハーケン、カラビナなどの登攀用具《とうはんようぐ》が入っているのである。探してみたところで、いたるところに深い口をあけている春山の雪渓である。たとえ運よく、そういう中に落ちなかったとしても、岩や雪の上を千メートル近くも転がり落ちてしまったはずである。まして深い霧の中での捜索《そうさく》は到底不可能である。

リュックサックの落ちていったほうへ少し下ってもみたが、もちろんあるはずがない。

大山は「悪いからいいよ」としきりに謝る。皆も諦《あきら》めて、戻り始めた。ところが、私はどうしても心残りがして、一人でもう少し下って探したのである。そして、奇跡と言ってもよいかもしれないが、岩の間に生えていた灌木《かんぼく》の中間に、リュックサックが引っ掛かっていたのを見つけたのである。

「あった、あったぞう」

尾根付近に戻っていた大山が、その時の私の声をどんな顔で聞いたかは霧で見えなかったが、今でも、淋しそうに笑っている彼の顔が見えるような気がしてならない。

大山は次の日曜日にまた山に行き、私が見つけたあのリュックサックから登攀用具を出して岩場に挑み、転落して帰らぬ人となってしまった。彼の葬式が済んで、気の抜けたような日々が私を襲《おそ》い始めた頃、私の瞼《まぶた》にしきりと現われたのは、残雪の斜面にリュックサックを放り投げた大山の姿だった。彼はあの時、一週間後に迫っていた自らの死の影と戦い、ついにその影をリュックサックに押し込めて、放り投げたのではなかったのだろうか……。しかし、私は彼がせっかく振り払った死を、執拗《しつよう》に探し出し、また彼に背負わせてしまったのである。

〈……それぞれの者が、それぞれに責任を感じている、俺だけの責任じゃあない……〉と自分を慰めたりもしたが、やはり悔みきれない出来事だった。

私は大山のことと、自分の人工呼吸器のことを振り返るたびに、大河のような流れの中でさまよいながら生きているということを思わずにはいられない。その中で、私は瞬《まばた》きをするくらいのわずか先のことさえも、知ることができない。Y先生のように、悩みながらやってくださったことが、後にしあわせな結果になることもあれば、その時よかったと、喜んだことが、悲しい結果につながることもある。私には、ほとんど何もわからない。

しかし、こんな頼りない私にも、神さまは心というものを与え、自由に考え、判断し、選びながら生きていくようにさせている。心細いけれど、喜ぶべきではないだろうか。

心を静め、大河の流れる音に耳をすまそう。

当時使っていた登攀用具

ジョニーと私

ジョニー・エレクソンを知ったのは、私が怪我をして五、六年後の頃である。『愛は絶望の彼方に』（祥伝社）という本を読んだのが初めての出会いだった。冒頭から、受傷《じゅしょう》した時の様子が、淡々と書き綴られており、私は自分が怪我をした時と重複して本に引き込まれていった。運び込まれた病院で、身体に針を刺す知覚検査や、頭蓋骨《ずがいこつ》に穴を開けての牽引《けんいん》など、彼女が体験するさまざまなことは、私もほとんど身に憶えのあることだった。

ジョニー・エレクソンは、一九五〇年アメリカのロスアンゼルスに生まれた。乗馬が大好きな活発な少女だったが、一九六七年七月、十七歳の時に海水浴中、浅瀬に飛び込んでしまい、私と同じように頸髄損傷《けいずいそんしょう》による四肢麻痺《ししまひ》となってしまった。私はジョニーが怪我をした三年後の一九七〇年六月、彼女と同じ頸髄の四・五番目に損傷を負った。

突然降ってきたような絶望的な事実を、認めざるを得ない辛い病院の生活。身体のこと、将来のこと、尽きることなく不安は押し寄せ、去って行く者、来る者……次第に世の現実を知らされてゆく様子は、遠い国の少女の出来事とは思えなかった。

本には電動車椅子に乗っているジョニーの写真もあった。リハビリテーションの成果で腕がほんの少し動くようになり、電動車椅子を操作出来るようになったという。私は手押しの車椅子にやっと乗せてもらえるようになっていたが、電動車椅子は日本ではまだ夢のような話だった。私はジョニーの乗っている電動車椅子の小さな写真に鼻がぶつかるほど顔を近づけ、その構造までも読み取ろうと一生懸命だった。

私も怪我をしてから筆をくわえて絵を描いていたので、本に載っていた彼女が描いた美しい絵は、私をどんなに奮い立たせてくれたことだろう。やがて彼女に個展を勧めてくれる人が現われ、それが大成功に終わる。私のベッドの横にも、その何年か後に、「展覧会を開かせてください」という人が現われ、私にもジョニーと同じような日が訪れようとしていたとは、あまりにも似ていて照れくさい気もする。

私も同じだったが、家で生活することや結婚のことなど、ジョニーにもさまざまな葛藤《かっとう》があった。もちろんこれらのことは、生きている以上誰でも乗り越えなければならない坂道のようなものなのだが、身体に大きな障害を持つ者にとって、その坂道はかなりきつい。神様も障害者だからといって特別割引はしてくれない。むしろ次々と難題を吹っかけて楽しんでいるように感じる時もある。しかし、私の登れないような坂道はなかった。疲れた時は、手を差し伸べ、一緒に歩いてくれる人が必ず現われたのである。

動けずに天井を見つめる日々は、ごまかすことの出来ない裸の自分と向き合う毎日だった。しかし苦しむ者は、苦しみの中から真実を見つける目が養われ、動けない者には、動くものや変わりゆくものが良く見えるようになり、私もジョニーと同じように、変わらない神の存在を信じるようになる。十字架に架けられたキリストは、動けない者の苦しみを知っておられるのだろう。

「もしあなたがたが、わたしのことばにとどまるなら、あなたがたはほんとうにわたしの弟子です。そして、あなたがたは真理を知り、真理はあなたがたを自由にします。」（ヨハネ八章三十一・三十二節）

神様のふところに飛び込んでからの、ジョニーの活躍は驚くばかりである。アメリカはもとより、地球規模の講演活動や福祉活動、映画製作、レコードや数々の本の出版……。頸髄損傷は、単に手足が動かなくなるということだけではなく、体温調節や内臓の機能も衰え、環境が異なる所への長い旅には、大変な決心がいる。また腹筋や胸の筋肉が麻痺しているため、講演のように長く話をするのは大変なことである。まして映画やレコード製作など、同じハンディを持つ者からすると、驚異と言わざるを得ない。

そのジョニー・エレクソンに、思いがけなく会えることになった。

二〇〇〇年秋、日本に講演に来たジョニーが、富弘美術館から私の家に寄ってくれたのである。美術館で私の詩画を、一つ一つ丁寧に観るジョニーの大きな眼からは、涙が溢《あふ》れていたという。ジョニーもまた私の足跡の上に、そのまま重なるものが沢山あったのに違いない。

黄色く色づいた稲穂《いなほ》の畦道《あぜみち》を、ジョニーと車椅子を並べて歩いていたら、私は旧知の友に久しぶりに会ったような、懐かしい気持ちになった。苦しかった時にジョニーの本を読んで、生きる力をもらっていたからだろうか。

ジョニーが賛美歌を歌ってくれた。私はその美しい声に合わせて、同じ賛美歌を口ずさめるしあわせを、しみじみと思った。

（二〇〇〇年）

バラ

入学試験

試験を受ける夢を見ることがある。いつも似たような内容なので、いい加減に慣れそうなものだが、何度見ても恐ろしい夢だ。配られた問題の質問の意味がまったく分からないのだ。回りの人たちはサラサラと鉛筆の音をたてて答えを書いているのに、次の問題もその次も、まったく分からないまま時間がどんどん過ぎていく。頭の中が乾いた砂のような状態になり、やっと夢から覚める。そして、「あぁ、夢でよかった」といつも思う。似たような経験をしているせいで、こういう夢を見るのかと思っていたら、成績が良かった人でも、同じような夢を見ることがあるという。

高校受験の発表を、私は飼っていた二羽の伝書鳩を連れて見に行った。一羽の脚に「受かった」、もう一羽に「落ちた」と書いた紙を結びつけておいた。

チューリップ

落ちれば、山間《やまあい》の小さな畑を耕す農業を継ぐことになっていた。模擬《もぎ》試験《しけん》は極めて危ない成績だったが、十五歳の私には、自分の将来が懸《か》かっている大事なことを、鳩の脚に付けて飛ばそうと考える若さがあった。結果は、「受かった」方の鳩を飛ばして、父母に知らせることが出来たのだが、あの時、「落ちた」方の鳩を飛ばさなければならなかったとしたら、今、私は何をしているだろう。

みしん

「犬も歩けば犬にあたる」ほど私の家のまわりは犬を飼っている家が多い。そして何故か捨て犬の名所である。

一九九七年（平成九年）の夏のこと、散歩をしていると、骨がとび出るほど痩《や》せた子犬がヨロヨロと寄って来て、車椅子の私の足に寄りかかってしまった。片足をピクピクと痙攣《けいれん》させながらひきずり、あちこちから血が出て、幾日も食べていないらしかった。車椅子を動かすと尻餅《しりもち》をついてしまったので、その間に逃げてしまおうとしたが、必死で追いかけて家まで付いて来てしまった。水をやると息をするのも惜しんで夢中で飲んだ。陽射《ひざ》しが痛いほど照りつける真夏の午後である、放っておけば子犬は死んでしまいそうだった。しかたなく「少し食べ物を……」「一晩だけでも泊めてやろう」……、ということになってしまった。

翌朝、「何処かへ去ってくれていれば……」と玄関を開けると、やはり同じ格好で寄って来た。幾日か前から近所で追い払われていたらしく、その姿に胸を痛めていたのだろう、裏の家の子供たちも来て「どうか飼ってください」と頭を下げる。犬を抱いて飼ってくれる家を探しまわったりもしてくれたが、結局、私の家に抱いて帰ってきた。そんなわけで、子犬は私の家で暮らすことになった。

あれから何年になるだろう。不自由な足は医者に診せたが、何かの後遺症《こういしょう》だから治らないということだったが、結構上手く歩けるようになった。片足で跳ねながら一生懸命歩く姿はいじらしくて可愛い。私が散歩をするのを楽しみにしていて車椅子の前や後ろに走り、私を守るようについて来る。足が悪いからか決して他の犬と争ったりはせず、母と一緒に花壇《かだん》に穴を掘ったり、郵便屋さんや宅配便の人からも可愛がられ、「みしんちゃんと遊んでいいですか」と近所の子供たちも来てくれる。昔の足踏みのミシンを踏むように、悪い左足が痙攣して、いつもピクピク動いていたので、名前を「みしん」と付けたのである。

散歩をしていると、みしんが車椅子を引いているように見えるのだろう、「偉い犬ですねえ」とよく褒《ほ》められる。みしんが褒められると、私は自分が褒められたように嬉しい。みしんのおかげで、知り合いが随分増えた。一人で散歩していても、知らない小学生が「あっ、みしんちゃんちの人だ」とか、「今日はみしんはどうしたんですか」と話しかけられる。「みしん様」宛でクリスマスカードや年賀状が届いたりもした。

我が家のみしんは、私の家族の一人一人の胸のポケットに、やさしさと微笑みという二色のハンカチを縫《ぬ》ってくれた。

コブシの花とみしん

思いでの扉

「あなたは小さい頃、山の向こうに何があると思っていましたか?」

何年か前、桐生女子高校の新聞部からこんなアンケートが来た。私は、

「山の向こうには桐生という、でっかい町があると思っていた」

と書いた。

家の前に、いきなり千メートルの山が屏風《びょうぶ》のように連《つら》なっているのだから、小さい頃から、山の向こうに夢や希望を抱くその想いは一入《ひとしお》だった。

「山の向こうには何があるんだ?」

おそらく幼い私は、父母や姉たちに何度も質問したことだろう。そしてそのうちの誰かが話してくれた。

「桐生という、それはでっかい街があって、そこには猿が運転する汽車や、飛行機のある遊園地があり、道路の両側には何百もの店が並んでいて……」

一番上の姉は口を真っ赤に塗《ぬ》り、髪の毛をチリチリにして時々桐生へ出かけ、ダンスホールや恵比須講《えびすこう》の話をした。電球を飲んで腹の中で点《つ》けて見せる人や、蛇や鶏《にわとり》を生きたまま喰うという蛇娘の話など、今でも鮮烈な印象として残っている。桐生駅の中に何でも売っている売店という店があって、そこで買って来てくれたおもちゃの刀は、長い間私の宝物だった。

夜、県道のそばの店にお使いに行き、窓から温かな明かりをこぼしながら走っ

て行く桐生行きのバスを、醤油瓶《しょうゆびん》を提げたまま追いかけて行きたいと思ったこともあった。

しかし、足尾線に一時間揺られ、高校へ通うようになって、山の向こうの街に抱いていた夢が次々に消えていった。「桐生の高校へ行きたい」ただそれだけで進学校の桐生高校を選び、家に帰ってから勉強をするという習慣もなく、舌を丸めたりする英語の発音が、恥ずかしくて出来なかったような者である。良い点数をもらったのは体育と視力検査だけで、英語や数学のテストでも、時々視力検査と同じ点数をもらった。自慢ではないが遠くばかり見ていた視力は学年でも一番だったと思っている。

二年生の期末試験の日の未明（昭和三十九年三月）、校舎が全焼した。朝飯を掻《か》き込《こ》みながら、そのニュースを聞いた時、思わず喜んでしまった自分を、今でも情けないと思っている。しかし、そんな高校生時代に、今でも親友と呼べる何人かの友にめぐり逢えたのは、人生の大きな収穫だった。

大学に行って寮生活を送り、その後、怪我をして長い病院生活を経て、今また渡良瀬川の対岸に聳《そび》える千メートルの山を見上げている。

時代が変わり、私も少しは大人になったが、変わらない山を見ていると、幼い日の桐生への素朴な夢や、その後の山の向こうでの、悩み多き青春の一時期がよみがえって来る。視界をさえぎる屏風だった山は、数々の思いでの扉の並ぶ戸棚となった。

時々、山の向こうの夢を見る。しかし今、山のこちら側にも大きな夢が湧《わ》きあがっている。

東村にて

新しい美術館

「大変だ！　エライものが選ばれてしまった」と思った。インターネットで募集した新富弘美術館の設計案は、世界中から集まり、その数は国内六三七件、国外五七四件、合計一二一一件にもなった。人口三千数百人の山の中の小さな村が建てる美術館に、これほどの作品が寄せられるとは……。私などは「そんなもん（インターネット）で、集まるのかい？」と、批判めいたことを言っていたので、一度吐いてしまった言葉を、ごまかすのに大変だった。

一二一一件は外国人を含む五人の高名な建築家と、県立館林《たてばやし》美術館長《びじゅつかんちょう》計六名の審査員によって五件に絞《しぼ》られ、さらにその五件の設計者を東村に迎えて村立体育館で公開審査が行われた。そして最優秀作品の一件の設計士が、新富弘美術館の設計者に採用された。それが「大変だ！　エライものが選ばれてしまった」のである。

実は五件に絞られる前から美術館のスタッフや村内の小学生などが意見を出し合い、審査とは別に設計案の中から自分たちの村にふさわしいと思われる美術館をいくつか選んでいた。素人の私たちには一枚のボードに貼《は》られた設計案だけでは、どんな建物になるのか良く分からなかったが、それでも五件に絞られた中の一件だけは、どう考えても奇抜《きばつ》すぎて馴染《なじ》めず、しかも使いづらそうだった。

よりによってその一件が選ばれようとは……。

それは、ヨコミゾマコトという真っ赤な靴下を履《は》いた若い建築家の作品で、展示室も事務室も、なんとトイレまで円形だった。さまざまな大きさの円筒を寄せ集めて正方形の枠《わく》で切り取ったような建物で、当然切られた所は半円形になり、三角形の使い道のない隙間《すきま》があちこちにあった。シャボン玉からヒントを得たというその建物には廊下がなく、大小三十三の部屋は迷路のように連なっていた。

しかし世界五十四か国から集まった一二二一件もの中から、建設のエキスパートが最高点で選んだ作品である。私たちには見えないけれど、その一件には素晴らしいものがつまっているのに違いないと思った。

どんな美術館になるのだろう……。審査の数日後、久しぶりに降った庭の雪を見ながら、廊下（通路）のない美術館についていろいろ思考を巡《めぐ》らしていた。その時、ふと私の脳裏《のうり》に映画やテレビドラマで観た、忠臣蔵の吉良《きら》邸討ち入り場面が浮かんだ。赤穂浪士《あこうろうし》が吉良邸の奥へ奥へと仇《かたき》を追い詰めて行くあのクライマックスには、廊下はほとんど出てこない。浪士が襖《ふすま》を開けて、時には自動扉のように開くこともあり、次の部屋へと踏み込むごとに、手に汗にぎる殺陣《たて》が展開され、観客の気持ちも次第に盛り上がって行くのである。……廊下のない美術館も、あれと同じ面白さがあるのではないだろうか。

考えてみれば、花も葉も木の実も円形が基本。まるい部屋は、私が描いた花たちには一番居心地が良さそうだ。使い道のない三角形の隙間《すきま》は、日本間でいえば床の間ではないか。新しい美術館のまるい部屋の可能性を考えているうち、私の角張った心は次第にシャボン玉のように軽くなり、自由な世界へ飛んでいくような気がした。私はいつの間にか、便利さとか機能性の虜《とりこ》になっていたのかも知れないと思った。

この新しい美術館では、迷っても良いのである。無駄があって楽しいのである。絵を描くことだって、知らない道を迷いながら歩くようなもの。壁にぶつかり、どうしてよいか分からなくなったり。けれど、そんなふうに迷いながら描いた絵のほうが私は好きだ。まるい部屋の、まるい壁に飾られた私の花たちは、どんな顔をするだろう。

星野富弘・ほしのとみひろ

一九四六年、群馬県勢多郡東村に生まれる。
群馬大学教育学部卒業後、中学の体育教師となる。
クラブ活動中、頸髄を損傷し、手足の自由を失う。
入院中、キリスト教の洗礼を受ける。
一九七九年、前橋で最初の作品展を開く。
以後、国内外で「花の詩画展」を開く。
一九八一年に結婚。
一九九一年、村立・富弘美術館が開館。
二〇〇五年、新・富弘美術館が開館。

撮影・阿部　了

著書●愛、深き淵より。（学習研究社）
風の旅（学習研究社）
かぎりなくやさしい花々（偕成社）
鈴の鳴る道（偕成社）
銀色のあしあと・三浦綾子との対談（いのちのことば社）
速さのちがう時計（偕成社）
あなたの手のひら（偕成社）
花よりも小さく（偕成社）
星野富弘全詩集『花と』『空に』全二巻（学習研究社）
山の向こうの美術館（発行／富弘美術館・発売／偕成社）

山の向こうの美術館

2005年4月　初版第1刷

著者――星野富弘

発行――富弘美術館
〒376-0302
群馬県勢多郡東村草木八六
☎0277-95-6333　FAX 0277-95-6100
http://www.vill.seta-azuma.gunma.jp/

発売――偕成社
〒162-8450
東京都新宿区市谷砂土原町三-五
編集☎03-3260-3229　販売☎03-3260-3221
http://www.kaiseisha.co.jp/

印刷所――小宮山印刷株式会社

製本所――株式会社難波製本

ISBN 4-03-963840-9　NDC914　111p.　21cm

偕成社は平日も休日も24時間、本のご注文をお受けしています。
Tel：03-3260-3221　Fax：03-3260-3222　e-mail：sales@kaiseisha.co.jp